講談社文庫

不機嫌な姫とブルックナー団

高原英理

JN036200

講談社

目次

不機嫌な姫とブルックナー団

1

「あなた、チケット・フェイで買ったでしょう？」

演奏後、十分経っても鳴りやまない拍手の中、頃合いを見て席を立つと、隣に座っていた痩《や》せて背の高い男が後を追うように立って言葉をかけてきた。自分から声をかけたくせに顔をまともにこちらへ向けていない。低い、こもった声で、いかにも恐る恐るといった様子だった。このシチュエーションで見ず知らずの相手に話しかけるのは初めてなのだろう。

「はい」

と答えはしたものの、それ以上会話を続ける気はなかった。

「あのう、失礼ですが、ほんと失礼ですが、ごめんなさい、訊《き》いていいですか？」

訊いていいかどうかは内容によるし、訊かれたくないことを質《ただ》される可能性を予《あらかじ》め許したくない。けれども相手が何を言うかおよそ予測できたし、この相手ならそうそう無礼なこともしないだろうと思ったので、大負けに負けて「ええ」と答えてみた。

「あの、あの、本当にブルックナー好きでお一人で来たんですか？」

「ええ」

「お好きなんですか？」

「ええ」

「しかも五番」

「いけませんか」

「いいえ。いいえ。そうですか。ありがとう。嬉しいです」

言いたいことはよくわかる。よくわかるのだが――

「女のくせにブルックナーを全曲退屈もせずに聴き通せるなんて信じられないってお

っしゃりたいんですか。女はショパンかモーツァルトでも聴いてろって」

そう言い返すと、それまであまり表情のなかった長い顔に僅かな怯《おび》えが走った。男はもともと背をかがめ気味だったところ、やや顔を傾けたので髪に目が行った。いつも散髪屋で言われるままに切っている髪型だと思った。ためらうような一呼吸が空いた後、相手はいきなり始めた。

「ごめんなさい。ごめんなさい。そんなことは言いません。あの、女性にもブルックナーわかってくれる人がいて嬉しいだけです」

「女だから嬉しいっていうのも変。好みは人からあれこれ言われるものじゃないし。性別でどうとか、全然関係ない」

言い返すと、相手は俯《うつむ》いてしまい、もう何も言えないようだった。これでは苛《いじ》めているようだと思い、少し口調を和らげて続けてみる。

「このホールには女性も、半分はいないけど四分の一ぐらいはいたじゃないですか」

「でも、あの、わざわざチケット・フェイで……」

「ええ。ミュンヘンフィルでシュローター指揮のブルックナーの五番はもう二度と聴けないかも知れないと思ってた。仕事のせいで前売り初日に買い損ねたらもういい席が全然なくて、それにすぐ売り切れてしまって、チケット・フェイを張ってたんです」

チケット・フェイはディスカウントの金券やコンサートチケットの転売品を扱う店で、ただし人気のあるコンサートチケットは必ずしも割安にならない。手持ちの券を売りたい人が自分の決めた価格で販売を委託するシステムだった。

三週前の十一月十日、そこで、サントリーホール二階席RA五列二番・三番という席が売りに出ていて、席種はB席、定価九千円のところ、各一万円という価格だった。今回のようなコンサートは本来ならもっと売値が高くてもおかしくないが、これを委託した人は予約した二人分とも急に都合が悪くなったか何かで、払った金額を回収さえできればよいと考えたのだろう。それでわたしはすぐさま、二番の方を買った。

正面に向かってステージ右サイド、その左端にある席で、ちょうど前に席がなく、また左にも席がない位置なのがよい。わたしはコンサートではできるだけ通路わきとかこういった端とかの席を買う。隣がうるさかったり臭かったりすると、どんなよい音楽にも集中できなくなるからだ。指揮者の真似して上機嫌で手を振りだす馬鹿とかがいると最悪だし。たいてい十回もコンサートに行けば一回や二回は不愉快な目に遭う。両側に人がいればそのリスクは二倍だ。それにこの位置だとわたしでなくてもまず皆、端を好む。

S席ならもっと響きのよいところもあるだろうが、このあたりの席は、日本のオーケストラの定期公演でA席に分類されることもあって、ランクのわりに音はそう悪くない。B席として売られ、それに千円だけの上乗せなら安いと思う。

話しかけてきた相手はRA五列三番に座っていた。端の二番をのがしたので三番を買った男なのだ。その二番三番が売りに出ていることをわたしはチケット・フェイのサイトで知ったが、おそらく彼も同じページを見ていたのだろう。

果たして自分に先んじて二番席を購入したのはどんな奴なのか——。そんなふうに思いながらやって来たら、驚いたことに隣は女、しかも男性に好まれることの圧倒的に多いブルックナーという作曲家の八十分近くかかる交響曲を、人に誘われたのでもなく自分から一人で聴きに来ている。

この女ならブルックナーのコンサートでよい席を得るため懸命になる気持ちは自分と同じなのだと推測して、普段なら決してしない、声かけという蛮行におよんだ——

という経緯が手に取るようにわかる。

ヨーゼフ・アントン・ブルックナーは十九世紀後半に作品を発表した、オーストリア生まれのシンフォニスト。ヴァーグナー、マーラーと並ぶ、後期ロマン派の代表的な作曲家とされる。交響曲が、番号なしの習作一作を入れて全部で十一曲あるが、中のひとつはさらに「ゼロ番」となっていて、最後の曲は未完の九番だ。どれも長大で、音域が広く、複雑な和声と、執拗《しつよう》な反復でできている。とりわけ今日聴いた交響曲第五番と第八番は長い。ブルックナーは晩熟で、なかなか世に認められず、またいろいろ奇行の多い人だった。……というのがわたしの知るひととおりのプロフィール。それ以上はあまり知らない。

が、彼がひどく変わった、今で言うなら「イタい」人だった、ということは大抵、プログラムや音楽史の紹介に書かれている。そのこととどれだけ関係があるか知らないが、この作曲家のファンには何か特有のものがあるように感じる。まず断然男が多い。バレエの公演で休憩時間、女子トイレに長い列ができるように、ブルックナーの演奏会のときは決まって男子トイレにばかり列ができる。

そもそも当の音楽にさらっと粋《いき》なところ、ものわかりのよいところがなくて、くどくて頑固で愚直で大仰だ。強調したい音型は駄目押しのようにユニゾンで何度も繰り返す。和声の展開は精緻で、メロディ自体は優しくロマンティックなところも多いが、その作り方進行のさせ方に繊細さがない。静かにしっとり続くかと思うと、いきなり大音響になったりする。自分のやりたいことだけ続けようとするみたいな、朴念《ぼくねん》仁《じん》の音楽だ。で、それを好む者たちというのもメロディの美しさより爆発的な巨大音の繰り返しばかり好きな向きが多いようだし、なにやら不器用で野暮ったい行動様式がよく見られる。

目の前の彼はその典型だった。こちらに目を合わせず、締まらない表情でぼそぼそと話す。そうしながらゆらゆら揺れている。人にものを話しかけ慣れていないせいだろう、「あの、」が多い。年齢はわたしと同じ三十前後か、身長はあるが、胸が薄く、筋肉はなさそうである。健康的には見えない。チェックのシャツをズボンにインしている。

彼はぼんやりなりに覚悟を決めたような顔で、

「俺たち、ブルックナー団なんです。このあと、もしお時間あったら、お話しできませんか。また失礼とお思いかも知れないけど、あの、俺たち、女性の方からブルックナーの感想をお聞きしたいんです」

　ブルックナー団ってなんだ？　一瞬、年配の特撮好き友人から聞いた「死ね死ね団」という日本人撲滅集団が思い出された。明治の書生みたいな男たちがどさどさ街頭に出てきて寮歌を歌いながら行進しているような印象もある。要するに大げさでセンスの悪いネーミングだ。

「俺たちって？」

「ええ、あそこと」

　一階席の中ほどでスタンディングオベーション中の小太りの男をさした。

「あっちと」

　二階左サイドでは最も音がよいとされる、LBブロックというステージ斜め横の中の、向かって左端最前列に、やはり立って、ブラヴォーとも聞こえない、「うおー」という声を連発している小柄な男。

「席は自分たちで納得したところを別々に取ることにしています。三人ですが、ブルックナー団と言い合ってます」

　会場では彼らメンバーだけでなく、多数の野太い声がうおうおと野獣の吠《ほ》え声のように続いている。オーケストラ団員が舞台から去った後もそれは止まず、半数以上の聴衆が帰っても、たいていずんぐりしたのがあちこちに立ちあがって、あるいは舞台の方へ進み寄って、拍手と蛮声を発し続けていた。クラシック音楽関連のネットスラングで「ブルオタ祭り」と呼ばれる光景である。「ブルオタ」は「ブルックナーオタク」の意味で、クラシックファンの中でもとりわけオタク臭い、特有の行動を取る者らとして区別される。正式には「ブルヲタ」と書く……って、「正式」って何？

そういうのがオタクというならわたしは違う。違うけれど彼らに賛同できる部分もいくらかあって、ネット上の匿名掲示板でよく書かれる「フライングブラボー（フラブラ）は逝《い》って良し」はそのひとつだ。ブルックナーの交響曲が終わった後、できれば数十秒は無音の中で余韻を楽しみたい。しばらくは拍手をしてほしくない。最後の音が消えないうちにいきなりブラヴォーなどと言う奴は言語道断で、即座に死ねと思う。その心は彼らと同じだ。ただし、演奏後の「祭り」に参加することはしない。いつも、あーあ、異様だなあ、やだなあ、と思う。だがそれらとも完全には切れていない自分の嗜好《しこう》を気恥ずかしく感じながら、そそくさと席を立つのである。

そのうち、楽団員のいなくなった舞台に一人、指揮者のフランツ・シュローターがゆっくりと歩み出てきた。北ドイツ出身、ブルックナーを指揮させると世界一とも言われる「最後の巨匠」だ。今年八十九歳という高齢だが、足元も確かで毅然《きぜん》としている。髪が真っ白だ。痩せて背が高く、一徹で厳しそうな性格がうかがえる。が、これほどの歓迎は本国でも少ないのか、皺《しわ》深い顔に笑みをたたえて舞台中央に立ち、一礼した。残っているブルオタたちは一層熱狂して吠え声をあげ拍手の音を高めた。

こうした指揮者単独の挨拶はこれも匿名掲示板で「一般参賀」と呼ばれる。天皇誕生日や年始のさい、皇居で天皇が出てきて、おしかけた民衆に手を振る行為になぞらえているのだ。これは演奏曲がブルックナーの場合に限らず言われるが、こうした巨匠の指揮するブルックナーの曲の後ではほぼ必ず見られる光景である。

二度の「参賀」の後、ようやく、潮が引くように歓声は消えていって、ブルオタたちも帰り支度を始めた。

「あの、俺、武田《たけだ》と言います。武田一真《いっしん》。あの、お名前は？」

「代々木《よよぎ》ゆたき」

「あの、あいつら紹介します」

いや別に紹介されたくないんだけどと思いながら、勢いに押されて二階席背後の既に開いている扉から後に続いた。通路を通り、一階へ下りるとホワイエ中ほどにさっきの二人が揃っていた。

「お、武田が」と小太りの方が驚きを示した。小柄な方は様子見といったところだろうか。黒縁の眼鏡《めがね》の奥から見つめてくる。

武田は小太りをさして「玉川雪之進《たまがわゆきのしん》です」、小柄をさして「一本橋完治《いっぽんばしかんじ》です」と漢字まで指定して告げて、

「この人、代々木ゆたきさん」とわたしを紹介した。

「は。はじめ。まして」と玉川が驚きを言葉の途切れで故意に誇張して示している。態度が演技的だ。なんでも漫画的にしてリアルな自分の見苦しさをごまかそうとする腐った根性が厭《いや》だ。一気に軽蔑感の湧いた三人の名前なんかをわざわざ覚える気がしなかったので、適当にあだ名をつけた。武田はタケで玉川は雪乃進だからユキ、一本橋はポンにした。

ポンもおそらくわたしと齢《とし》が近い。わたしは三十二歳だが、ユキはまだ二十代かと思う。あんまり実りある二十代じゃなさそうだけど。もう一方のポンは、と言えば、背が小さいのと蓬髪《ほうはつ》、それと眼鏡のフレームが黒くて太いところなんか松本零士《まつもとれいじ》のマ

ンガに出てきそうだった。そのポンが、

「あの、武田とはどういう？」と訊いてきたので、他人、と答えようとしたところ、先にタケが言った。

「隣にいた人。ブルオタ確定」

おい。

「ちょっと。ブルオタって何だよ」

「あ、ごめんなさい」

仲間といると急に強気でぞんざいになりやがるタイプか、と憤《いきどお》りをあらわにして振り向くと、

「ええーっ珍獣いましたかっ」と、一層無礼なことを言うのはユキの野郎だ。

「なに？　どっちが珍獣だよ、君はブルオタじゃなくて無礼オタだな」とつい強い口調で言い返すと、

「馬鹿っ、おい、謝れ」と、他人の不作法はよく見えるのだろうタケが、気色《けしき》ばんでユキの頭を抑えんばかりになった。

「あ、すんません、すんません、ほんと悪かったですぽ」と、謝るのだがその早口の

オタク然とした口調にもまた腹が立つ。「ぽ」ってなんだよ。

タケに抑えられて柄にもなく「てへぺろ」顔なんだが、似合わない。小太りのわりには、早口であるとか小刻みに手を動かしているとかの神経質そうな素振りがあるので、クマさん的なのんびりキャラクターになっていない。隣のポンのほうは一層過敏そうだ。ずっと肩が上がっていて、たたずまいに緊張感がある。こういう二人の相手をするのは疲れそうだし、もういいだろう、じゃ失礼、というつもりで背を向けようとしたとき、

「待ってください。どこがいいんですか、どういいんですか、ブルックナーは」

とポンが思いきり真剣な眼で訊いてきた。哲学でも問うような目つきだったので、お人よしだなあ自分、と厭になりながら、つい足を止めてしまった。

いや、本当のところは、言いたかったのだ、自分がまぎれもなくブルックナー好きで、飽《あ》くまでもブルオタとは一線を画していたいけれども、ブルックナーの交響曲の、あのなんだか不思議な魅力について語るのは歓迎なこと。

「響きだなあ。いつまでも聴いていたい音の重なりかなあ。何度でも同じこととしていたい感じと似てる」

と言葉にしてみると全然心許《こころもと》ない。駄目だ。音楽を言葉にはできない。そもそもブルックナーを語りたいなんて、わたしにはそんな資格もないのに。

「幼稚とは思いませんか？」

お、いきなり本質をついてきた。

「子供みたいかな。子供って繰り返し好きでしょ。気に入ったことは何回でもやるでしょう。それに近い感じもあるかなあ」

と、話そうとすると自分の語尾が「かなあ」になるのが悔しい。本当は「なのだ」「である」で語りたいのだが。

「でもそういうところが自分も好きなのだ。本当はもっと繰り返してほしいくらいである」

と無理して言うと、ポンは「うんうん」と大きく頷《うなず》くので気が良くなって、

「あの八番のさあ、スケルツォのとこ、ドンタタタ、ドンタタタ、ドンタタタ、タ、タ、って何回もやるとこなんか、ちょっと馬鹿みたいなんだけど、もう五倍ぐらい繰り返してほしいような……」

「うんうん」と今度はタケが言った。

「でも一番好きなスケルツォは九番のなんだけど」

ドドドッドッドッドッドッドッ、ドドドッドッドッドッドッ、と速く激しく続いて、どんどん切羽詰まって行く感じが好き。

「ああ。あれ、そうですね」

とポン。それがまた嬉しいのだが、ここでわたしは、近代人的な反省に入ってしまう。こんなふうに「そうだよね」「そうだよ」「うんそれだよね」というのは対話ではない。「そうそう」「そうそう」と頷き合っているだけでは無意味だ。

じゃあ議論すればよいのか。それはそれで厭だ。ブルオタの議論は酷《ひど》い。SNSでさんざん見ている。どこかの批評家の口真似で、すぐ精神性が大切だとか演奏の表現が表面的だとか、具体性のない批判をする奴がいる。そういうのをまた誰かが馬鹿にする。するとむきになって言い返す、それを、今度はその両方がくだらない、と言いだす奴、だからブルオタはと言って超然としたがる奴。

と、こんなことを詳しく知る自分が一番くだらない知識の持ち主なんだけど。それで一挙に投げやりな声になって、

「いい対話って、ブルックナーのこと話しながらいい対話って、できるのかなあ」

と言うと、ユキが、

「そこですぽぉ、ゆたきたあん」といきなり気持ち悪く迫ってきた。

「ゆたきたん言うな。君とは話できない。絶対」

「それないですぽぉ」

と、丸っこい体を揺らしつつ、またまた演技的に体をくねらせてみせる。君にはお笑い芸人風も似合わないよ。こいつらとはやっぱり話できない。うんざりした顔で黙って見ていたら、いきなりしゃきっと姿勢を正したユキが、見れば案外小洒落《こじゃれ》たメタルフレームの眼鏡越しにこちらを正視して、

「で。どうなんです、今日の演奏」

突然何かのスイッチが入ったのか、打って変わって勝負を挑むような重い口調で訊いてきた。慌てて、思わず真面目に答える。

「もちろんいいよ。よかったよ。四楽章の初めのとこなんか、すごく繊細に、滑稽にならないようにしてたし。でも……」

「でも？」

ユキが睨《にら》むばかりに、いよいよ顔を寄せてくるので思わず背を反《そ》らせて身を引い

て、

「二楽章の前半でちょっと速めだったのが自分の好みと違う。ここだけ管が弱い感じもした」

「あ、そうですね」

とタケが言う。位置的によく聴き分けられる席だったのか、わたしの聴いたのと同じ音を捉えていたのだろう。

「それから？」とユキが硬い口調でまたも真剣勝負だ。これでは息がつまる。

「やだそんなに真剣に聞かないでください」

「いや、ブルオタならここは引けない」

「わたしブルオタじゃないって言うのに」

「いや、ブルオタだ」

「うるさいもう黙れ」と切れかかったとき、

「ちょっとちょっと。そろそろ、ここも」

とタケがあたりを示すと、ホワイエにはわたしたちだけだった。

「場所を変えましょう。よかったらどこか、……」

「おおう！　武田っち、ナンパするぬなあ。リア充見直しぽよぉ」

「うるせえよ」

　タケのおかげで助かったが、ユキの方はまたオタモードに戻ってしまって脱力だ。

いや、さっきの懸命さもオタらしいのだが。

「いつものとこでいいかな」

「どこ？」

「ふた駅先のとこのマクドナルドなんですけど」

　ならいい。ここでとっさに浮かんだのはブルオタ牛丼かっこみ集会からは撤退できたという安堵《あんど》だ。ブルオタのたまり場は牛丼屋と決まっているから。ってこれ、ブルオタ馬鹿にする人たちがよく笑い話にする根拠のない想像だけど。よく考えればそれなりにチケットの高いコンサートの後の夕食にマクドナルドじゃちっともよくない。けれどもこのとき最悪のイメージからの解放感のあまり、なんとなく一緒に行く気になっていた。

　クロークへ行き、預けたコートを受け取った。君らもクローク使えよ。どうしていつもオタクたちは何もかも手に持ったり周りに置いたりしているんだろう。重そうなリュック背負ってるこの、洗練からは遥《はる》かに遠い人たちよ。

こうしてブルオタ三人とブルオタではなくブルックナーが好きなだけのわたしとは、ともに地下鉄に乗ってふた駅先の駅で降り、勝手に彼らが行きつけと決めているマクドナルドの二階に陣取って、ブルックナー話を続けることになった。

ところが、注文と会計のやりとりを終えて二階へ上り、首尾よく見つけた四人掛けのテーブルにそれぞれの品を載せたトレイを置いたその瞬間、三人が三人とも、リュックサックから小型のノートパソコンを取り出して蓋《ふた》を開き、ネット接続すると匿名掲示板クラシック板のブルックナースレッドを見始めるとはどういうことだ。わたしと話したいと言ったのではなかったのか。

正直に言おう。帰ってからならわたしも同じことをしている。演奏会のあとというのは、他人の感想を知りたくなるものなのだ。でも、わざわざ三人で集まっておいてこれか？

「おい」

と思い切り不機嫌な声で注意を促すと、ポンが、

「だいたい絶賛です。こういうのはあんま、意見が割れないな。フラブラもきょうは

なかったし。あ、やっぱ同じ意見、ありました、二楽章で速さがちょっと、って、でもトータルして最高の演奏とも」

いや、その通りだが、わたしが今聞きたいのはそこではなくて——と言おうとするが、ユキは自分からさかんに書き込み始めた。タケはと言うと、片手にしたスマートフォンでツイッターを辿《たど》った後、フェイスブックの確認をしている。他のメンバーもスマートフォン併用を始めていた。

やっぱり帰る、と決めたが、なんというか、きりっと言い出す頃合いが計れない。ともかく食べ終わってから、と思い、しばらくは黙って一人てりやきバーガーとポテトとホットコーヒーを順繰りに口にしていた。連中のPCチェックが完了したときに、というつもりでいるが、それがなかなか終わらない。

が、そうしながらユキが、

「今日の演奏はもう言うことない感じだ、そりゃ小さい瑕《きず》はある、ライヴで金管が完璧なブルックナーってのもまずない。四楽章のフーガの移行のとこで一部だけシャルク版に近い処理してたとかも、原典に忠実でないと気に入らない奴はつつくだろうしだ」

と、ぽ抜きで語る。硬派バージョンだ。こうなると、さすがブルオタ、そんなところまでわたしにはわからない。第一、シャルク版と言われる稿とは比べたこともないので、どこがどうかも判断できない。

「五番のシャルク版ならクナッパーツブッシュ指揮の録音で聴いたことあるけどな、ラスト、なんかチンドン屋みたいだったね」とポン。原典版にはないシンバル大連打のことを言っているらしい。

するとタケが、

「全体としては原典いじるの反対なんだけどな。でも演奏者が効果のためにちょっとだけ手を加えるのは認める派、俺。カラヤンがやってる四番の一楽章の第一主題始まるとこの弦、わざと一オクターブ高くしてるのとかも、邪道かしんないけど、あれがまたいいんだわ。でも基本、弟子の改訂版は認めない」

彼らの言う「改訂版問題」はブルックナーファンには周知のテーマである。

ブルックナーは芸術家として想像される天才らしさからはまるで遠い人で、気が小さくて自信がなく、常に迷い、他人からの助言をすぐ信じて楽譜を書き換える、また別の意見を示されると今度はそっちに従って直す、という愚図《ぐず》で優柔不断な人だったらしく、その交響曲にはいくつも改訂版がある。自分の曲をちっとも理解してくれないヴィーンの楽団に演奏してもらおうとして同じ曲を作曲者自身が嫌になるほど何度も何度も作りなおしている。かと思うと、器用な弟子たちが、師のあまりの不人気を残念がり、当時人気の高かったヴァーグナーに似せて一般聴衆向けに直した版もある。シャルク版というのもそれだが、その変更は作曲者の意図によるものでないという理由から今はほとんど使われない。

ようやく語り合う雰囲気になってきたか、それなら少しは、と気を緩《ゆる》めたところで、ユキが「これ」と言いながら、わたしにPC画面を向けた。

「自分らのサイトですぽ。ここ自分が作ってますぽ」

ごつごつした岩のような模様を背景に「ブルックナー団公式サイト」と青色の文字が大きく浮き出ている。クリックしてみると古い地形図のような上に、雑誌の占いページでよく見る星座を表す記号が意味ありげに散らばっていた。それぞれにカーソルを置くと凝《こ》った字体で由来や沿革、CD鑑賞記録とコンサート鑑賞記録、コンサート予定表、ブルックナー豆知識、連絡先、リンク、等々と出る。入口は平凡だが、中はあちこちに遊びがありそうな、案外プロっぽい作りに見えた。

「そうだこれ。やってみっぽ？」

ユキは「資格認定」というタイトルのところをクリックした。


「ブルックナー団員資格認定テスト」

あなたのブルックナーマニア度を確かめます。次のアンケートにお答えください。
1　ブルックナーの交響曲は全曲、全楽章ごとに主題の区別ができる。
はい　いいえ
2　ブルックナーの音楽を録音したCDを100枚以上持っている。
はい　いいえ
3　ブルックナーの交響曲の版ごとの違いがすべてわかる。　はい　いいえ
4　ブルックナーの曲がプログラムにある演奏会に年20回は行く。
はい　いいえ
5　交響曲は形式の明快さよりも、よいフレーズの繰り返しと多彩な和声の工夫をこそ聴きたい。　はい　いいえ

6　音楽さえよければ作曲家の外見は全く問題ではない。　はい　いいえ
7　交響曲第3番初演、と聞くと涙が止まらない。　はい　いいえ
8　エドゥアルト・ハンスリックを一生の敵と考えている。　はい　いいえ
9　ブルックナーの弟子の名前を5人以上言える。　はい　いいえ

1番、わたしは「はい」だった。これはここにいる四人ともそうだろう。さんざん聴いていればそれが何番の何楽章かくらいはわかる。ただ、主題ということになると、ブルックナーの場合、ソナタ形式のところに三つもあるので、知らない人は、え、なにこれ、ソナタじゃない、と思うだろう。ソナタというのは最初提示部で主題になるメロディが二つ出て、それが途中の展開部で変奏されて、そして再現部でもう一度二つのメロディが戻ってきて終わる、というのが本来の形なわけだが、そこに主題が三つ。なぜ？　二つでいいじゃないか。ブルックナーの交響曲は未完の九番以外全部四楽章形式で、しかも第一楽章と第四楽章はいつもソナタ形式だ。そのそれぞれに主題が三つあって、提示部が長く展開と再現はアンバランスに短いことも多い。その上、変奏部分がどうなってるのかよくわからないし、意外なところで主題が再帰し

たりもして、初めて聴く人には提示部・展開部・再現部の区別もはっきりしないだろう。それなのに特定の音型は何度も大音響で繰り返されるし、いよいよ何が起こっているのかわからない。ブルックナー自身、懸命にソナタ形式らしく作ろうとしていたのかも知れないが、どうもなにか独特の、この世ならぬ変な音楽を、なんとかして世にある形式にあてはめようとしていたのではないだろうか、と思うことがある。

2番も「はい」。3番はさすがに「いいえ」。わかる所もあるがすべてとは言えない。4番は去年を思い出してみると二十回以上にはならなかったので「いいえ」。

5番「はい」。ブルックナーの音楽みたいな複雑で繊細な響きが好きで、しかも子供っぽい繰り返しの多さや変な転調を許せる人は、もう形式の正しさとかどうでもよいと思うんじゃないかな。詳しく楽譜を見ながら聴けばすごく精密に作られているというけど、どんなに厳格なルールに従って作ってあるとしても、聴いているだけだとなんだかとても逸脱した巨大さ優先の音楽みたいに思えてしまう。

6番「はい」。いやまあ、そうなんですよ、音楽に限らずね、作者の容姿とかモテ度とか全然作品とは関係ないよ。でもね、ブルックナーがいた頃の十九世紀ヨーロッパの音楽界には、まず超美男でアイドル級に人気があって恋愛遍歴満載の、洗練された貴族的芸術家のリストがいるわけでしょ、恋とロマンに生きた天才ショパンがいるわけでしょ、それと一国の王様まで魅了して国家予算で専用の劇場を作らせたヴァーグナーがいるわけでしょ、ブラームスは渋くて大人で「通」はみんな大絶賛だし、先輩のシューマンなんて、最後は天才らしく自殺未遂したりして病死するけど、口八丁手八丁で、クララとの大恋愛もあり。フランスだったらベルリオーズが自分の生活こそ芸術だみたいに派手な爆発芸術家だ。少し前のベートーヴェンだって、偏屈と言われながら大人気だったし、モーツァルトになるとこれまたアイドル級で。みんなすごく華やかで、人気があって、どこへ行っても歓迎されて、たいてい女性経験豊かなのに、ブルックナーなんて、いつも田舎者で気弱で馬鹿にされっぱなしだね。こんな輝かしい才人たちの間で、いかにもださい作者。だからブルックナーファンたちは、心の底から「作品と作者の価値は別だぞ」って叫びたくなるわけさ。ほんとに「全く」って十回くらい強調したくなるよね、それがブルックナーファンの心得なのはよくわかった。

7番「いいえ」。交響曲第三番の初演というのは、ブルックナーがいろいろな実力者に頼んで無理やりヴィーン・フィルに演奏してもらったものの、団員が全然協力的でなくて、聴衆から嘲笑されて、もうこれ以上ないくらいひどい演奏会だった、と、プログラムでの曲目の紹介には必ず書いてあるエピソードだ。確かにあんまりなことだが、でもそれで泣くほどじゃないな、わたしは。

8番「はい」。ハンスリックはブルックナーと同時代の音楽批評家で、最初はブルックナーを認めていたそうだが、彼がヴァーグナーを尊敬し始めたことを知ると、激しく批判するようになった。標題音楽を不純として純粋音楽と古典的な構成美をめざしたのがブラームス派で、総合芸術をめざして新しい破格の和声・形式を開拓しようとしたのがヴァーグナー派。ハンスリックは徹底してブラームス派だった。それで攻撃性に乏しく権威に弱いブルックナーは、反論もせずただただ大いに恐れた……と、これもよく解説にある。実は、標題音楽でない、純粋音楽というならブルックナーの交響曲もそうなのだが、古典的形式に欠けるからとかヴァーグナー派だからとか言っては批判する、この人がいなければブルックナーはそんなに改訂ばかりせずにすんだのではないか、そうなれば死ぬまでに交響曲第十五番くらいまでできていたのではないか。そういう意味でブルックナーファンにとって、ハンスリックと言えば永遠の宿敵なのだ。

9番「いいえ」。五人も知らないよ。わたしが知ってるのはマーラーだな。あとは、シャルク版のシャルクかなあ。どんな人か知らないけど。

というところで、全問回答して「結果を見る」をクリック、すると、

「ブルオタ予備軍です。もう少し努力すれば団員になれます」と出た。

「いえ、ブルオタなる気ないし。資格認定いりませんです」

思わず言うと、わたしが取り組んでいる間にさっさと食事を終えた二人が同時にこちらを見た。

「『はい』いくつ？」とユキ。

「えー、五つかな」

「ほお」

とユキが言い出したので今度は間をおかず、

「女のくせに、って言いたいんだろ？」と言って睨んでおいた。

「ん？　てかその程度じゃブルオタと呼べないぽよ」と反撃してくる。

「いやブルオタじゃないから」

「女かどうかは別にして、この問いで五つってのはかなりでないの」

とポン。加勢してくれる気持ちはありがたいけど、褒《ほ》められても嬉しくないし。

「ねえ、この九番目って、みんな弟子まで知ってるの？　五人も」

「当然ぽよ」とユキが答えると、ポンがずずっと乗り出してきて続けた。

「ブルックナーの三使徒と言われたのがシャルク兄弟とフェルディナント・レーヴェ。シャルク兄弟は兄がヨーゼフで弟がフランツ。シャルク版の楽譜はフランツによる。レーヴェは指揮者で、ブルックナーの死後に交響曲を多く指揮した。フランツ・シャルクも指揮者でヴァイオリン奏者。他にも指揮者だとフェーリクス・モットルは後のミュンヘンの歌劇場総監督。ヴァイマール宮廷楽長になったルドルフ・クルシシャノフスキー。直接の弟子じゃないけどブルックナーの教えていた音楽院にいたのがアルトゥール・ニキシュで、ニキシュはブルックナーの交響曲第七番の初演を指揮。それとブルックナーの伝記を書いたのがアウグスト・ゲレリヒ。ほかにはピアニストのヴラディミル・ド・パハマン、音楽史家のグィード・アードラー、理論家のハインリヒ・シェンカー、評論家のエルンスト・デチェイ、作曲家だとフランツ・シュミットとハンス・ロット、あとグスタフ・マーラーとフーゴー・ヴォルフが有名だけどこの二人は弟子というより熱心な支持者、かな」

ここまでを無表情で一気に、超高速の早口だった。こういうことになるともうオタク魂炸裂だ。

「あとそれから……」

「あ、もういいです」と遮《さえぎ》ると、タケが、ポンと対照的な、のほほんとしたぬるい口調で、

「ブルックナーは女性には全然縁がなかったけど、男性の弟子たちには恵まれていたんです。オルガンの腕と作曲の技法はみんな尊敬してた。それと教え方がおもしろくて人気があった。弟子たちを可愛がってもいた。学校が終わると、ゆきつけの飲み屋で弟子を集めていつも大宴会でした」

その宴会って、男たちだけの、あの無神経な大騒ぎが展開してたんだろうなあ、ブルオタ祭りの起源はここにあったんだ、きっと。厭だなあ。でもそこではブルックナーも普段の気弱な様子ではなくて、結構のびのび威張っていたのだろう。

「こういう弟子たちのおかげで、晩年の数年以外ほとんど不遇だったブルックナーの死後、その音楽のよさが啓蒙されてきて今があります。持つべきは若い有能な弟子ですね」とタケが結んだ。

わたしは、てりやきバーガーの最後の一口を食べながら、

「よく知ってるなあ。見てきたみたい」と、決して褒める口調でなく言った。

「それはまあ、……」

タケはここで口ごもるようにとどめたが、わたしのつまらなそうな様子を見て無理に口を結んだような、微妙な表情だった。

「あのさ、ところで君たちは何点だったの？」と聞いてみると、

「俺、八」

「僕も」

「自分も八」

全部じゃないわけね。さすがにこいつらも完璧ブルオタとは言えないか。と、わたしもいつの間にかブルオタの思考になっていた。

「で？　いいえはどれ？」

「3番」とポン。

「3番ぽよ」とユキ。

「俺も。版までは区別する自信ないし」とタケ。

あれ？　ブルオタなら版問題はもっと詳しいはずではないのか？　さっきの会話だって……

「版ごとの違いがわかってのブルオタじゃないの？」

「いんや」とユキ。

ポンが続ける。

「僕たち、そんな厳密に聴き分けられるわけないいんだ。楽譜読めないし」

楽譜が読めない？　わたしだって中学校までピアノやってたから楽典はわかるし楽譜もなんとか読める。なのにこいつらときたらあれだけブルックナーのことに詳しいのに、音符がわからない？　思わず言った。

「それほんと？　楽譜読めないでブルオタやってんの？」

「あのさー」とポンが興奮した時の癖なのか、握った右手をさかんに上下に振り始めた。タケとユキが、あ、始まった、という顔をする。

「クラオタってのは貧しいんだよ。西洋じゃクラシックはブルジョワの趣味だそうだけどさ、僕たちはＣＤが普及してから、ＣＤ屋でロックでもジャズでもレゲエでもヒップホップでも何でも同じように選べる、っていう条件ができたときに、たまたまクラシックっていう狭い分野に入り込んじまっただけなんだ。レゲエ聞いてる奴がみんな楽譜読めるわけないじゃん。それと同じに、ただ好きなだけなんだから教養なんかないわけ。同じ曲をいやんなるほど何度も聴いてるから違いがあるとすぐわかる、っていうだけでさ、代々木さん、楽譜読めるわけ？」

「うん」

「それは家にピアノがあったから？」

「うん」

ちょっと向こうにいる女子高生たち三人がさっきからこちらを見ているのが気になった。ポンの声が高くなっていたからだ。だがポンは周囲の反応を気にもせず一層の大声で続けた。

「ほら。僕たちの家は狭くてピアノなんかなかったんだよ。オーディオだってCDラジカセくらいだったよ。仕事するようになって自分で安いオーディオを買って聴いてる。それだけなんだ。音楽を学ぶ機会なんてなかったし、でもまたまなぜか、クラシックの、それもブルックナーばっかり好きっていう、僕たちはそこを別にすれば、無教養なローワークラスなんだよ」

「でもその話し方、教養けっこうあるじゃない」言いつのるポンに気圧《けお》されつつ言い返した。

「ないよ。ただでかい音聴いてりゃ満足のブタだよ、僕たちは。さっきの会話はちょっと通の顔してみました、ってだけでさ」

なんか劣等感強いみたいだ、困ったな。ちらっと女子高生たちの方を見た。そっとしといてね、悪い人じゃないから。って、何を言い訳しようというのか、わたし。

かまわずポンが続ける。

「あのさあ、ブルックナー好きっていうことも僕は、本当のとこ、自分でもかっこ悪くて、嬉しくはないんだ。もっとクールになりたかったのにこんなんなっちゃったって感じ。六本木WAVEって知ってる?」

「あ、もうなくなったけど、昔あったね」

小ぶりのビルひとつ全部CDや映像メディアの店で、マイケル・ジャクソンが来日したとき、その品揃えのよさに感動して、一日借りきってショッピングしたという話が伝説になっている。このとき、ポンの声音は少し収まってきたのでやや安心して聞いた。

「あれ、クラシックの売り場だけでもワンフロアあって、しかもね、そこにもうひとつ小さい部屋ができててさ、壁が真っ白ですごい上品なの。モーツァルトハウスって書いてあって、つまりその一画がモーツァルト専門のスペースだったわけね」

「うん」

「そこ、入ってみたらね、聞えてくるんだよ、ディヴェルティメントが」

「うん」

「K・136だよ。あの天国みたいな音楽がさ、もう涙出たね」

ディヴェルティメントかあ。日本語だと嬉遊曲、だっけ？　よろこび遊ぶ音楽、って、なんとなくあたってる気がする。

「うん。知ってる、いい曲だよね、んー、んんー、んんー、んんんん、んんんん、んんんんんんん、ん、てのでしょ」

「そう。ちょうど純白の壁に、細い金のアラベスク模様が優美に伸びてくみたいな曲だよ」

「うまいこと言うじゃん」

「でもそのときはっきり感じたんだ、僕にはこの曲を聴く資格がない」

「え、なにそれ」

「モーツァルトのディヴェルティメントがどんなにいい曲だかわかったとしても、僕たちには似合わない。僕たちの聴くべきものじゃない、モーツァルトの優雅から僕たちは隔《へだ》てられているって痛いくらいわかったんだよ」

またポンの手の動きが始まっていた。今度は左手の食指と中指とで細かくテーブルを叩く。それは四拍子のリズムなのだが前半二拍に続く後半二拍分が三連符になって、たー、たー、たたた、という繰り返しになっている。ブルックナーがよく用いたのでブルックナーリズムと言われる拍子だ。タケ・ユキの顎がそれに合わせてちょっと上下していた。

「わたしはわかんないな、いい曲ならいいじゃない」

「違うんだよ、いい曲だ素敵な曲だくらいは僕たちにもわかる。でも僕たちはこういう美しい生の喜びみたいな世界から締め出されてるんだよ。それで野暮で鈍重なブルックナーだけがちょうど似合いだってことさ」

それは君たちの劣等感が勝手にそう思わせただけで、わたしはそれなりに生の喜びは享受しているつもりだ。でも、そんなわたしのどこか――ブルオタでは決してないぞ、ないけれど、奥の方のブルックナーな因子らしいものがちょっとだけ顫《ふる》えた。

「いいよ、これはブルオタの悲しみなんだ。かっこいい、お洒落、シャープ、クール、そんなお洒落人間の世界がきっとどこかにあるよな。そこでは背の高いイケメンのお洒落な男がほっそりしたお洒落ないい女連れていい車でお洒落にドライブでもしてんでしょ。そん中には本当に優雅でセンスいいカップルもきっといるだろうし、そいつらが好きなロックやジャズは知らないけど、もしクラシックだったらモーツァルトのディヴェルティメントK・136を聴いてるだろうな、だからそれは僕たちが『これ好きです』なんて言ってはいけない音楽なんだよ」

「うー……」ポンの決めつけの見上げるような積み上がり加減に思わずうなる。

「あと、ラヴェルの『古風なメヌエット』なんかもそう。モーツァルトと違っていきなりモダンな不協和音から始まるね。でも、なんての？　パリのエスプリ？　まだ朝早い、あたりの薄青い頃さ、小綺麗でモダンな街並みに、留学中の若い画家の卵でも住んでそうなアパルトマンの窓が、差し込む朝日で薄く色づく、みたいなさ、映画みたいな世界な。おおアーティスティックぅな。僕たちには許されないな」

そういうトレビアーンな世界もわかってはいるんだなあ。知っていてそれで全然手も触れられないというのが、言われてみると悲しい。話し続けるポンは科学実験をしているように無表情だ。それは、ことさらの無表情、だと思った。

「ときどきシューマンもブラームスもフォレも聴くことはあるんだ、室内楽どれもいいよね。そうすっと、悔しいけど、このときだけなんとなく自分も本当のクラシック聴いてるんだって思う。ブルックナーって、好きだけど、なんかクラシックっていうジャンルからはみ出てる。ヘビメタとかに近い気もする。野蛮。凶暴。正統じゃない。シックじゃない。ヴィーンで当時ブラームスの方が正統って言われたのはわかるんだ、悔しいけど。でもそういう本当のクラシックの世界はシックな人たちの集まるパーティだから、僕たちは招かれない」

と、沈みこむ面持ちで、ポンのちょっとばかり長い話が落ち着いたところ、久々にユキが口を開いた。

「だから不思議ぽよ。なんで代々木さんがブルオタなのか。女のくせにぽ」

「うるせえな、女のくせにとか、アナクロなこと言うなよ、今いつだと思ってんだよ」とわたしはもう怒り剝《む》き出しになった。

「いや、言うぽよ。自分たちは昔も今も女たちの目にとまらない者たちぽ。だから女たちが自分らをどう見てるか、かえってよく見えるぼ。そうやってる女たちの権利とか平等とかなんて、女たちに疎《うと》まれてるキモオタには関係ねえでぼ。だって女たちから俺たち平等に見られてないんだぼ。昔も今も、俺たちに向かう女の眼は変わらないつぽなら俺たちもずっと前の男の態度で間に合わせてるだけでだぼ」

こいつの「ぼ」は「ぽ」の強調形なんだろうか。「ぼ」のときは発音が強い。それはこのいつも演技的な態度で人生をやり過ごそうとしている一オタクが、激情のあまり、つい何かを踏み越えてしまう瞬間のように聞こえた。

「待て。そんなことを聞かせるために来てもらったんじゃない」

またもタケに睨まれて、面白くなさそうに口をつぐむユキ。あ、今度は階段近くにいるサラリーマンらしい男性がこっちを見た。またも周囲の人たちの反応が気になり始めつつ、少しわたしなりの理由らしいことも言うつもりで、

「……いやいや、わたしはピアノ習ってたから、だいたいバイエルで始まってツェルニーとかブルクミュラーとか、ちょっと進むとショパンくらいは馴染《なじ》むわなあ、それでピアノだけじゃなくて、ああドヴォルザーク、チャイコフスキー、ああヴィヴァルディ、ああバッハ、ベートーヴェン、モーツァルトってきてさ」

地方出身のわたしは、かつて日本人ほとんどが自分もそうだと信じていた「中流」の家で育った。それで親はピアノくらいたしなみとして学んでおけという考えだった。大学からは都内、アパートで一人暮らし、そのまま都内にとどまっている。こういう経過だとクラシック音楽に親しむのはおかしいことじゃない、とわたしは思うけれど、だがポンはどうも納得いってないらしくて、不思議そうに訊くのだった。

「それでどうしてブルックナーなの？　代々木さんそこそこ綺麗なのに」

「おい！　そこそこってなんだよ。それにブルックナー好きなのはブサ面って決めるのはおかしい。最近はほら結構綺麗な女性指揮者がブルックナー指揮してるじゃない」と、つい言ってしまったが、いやいやいや、ここはまず、女性だとすぐ容貌を問われることから非難すべきだったのだ。でも話は続いてしまって、

「それも天の上の話だな。僕たちみたいな最下層民の世界じゃね。ブルオタに美男美女なしさ」

「言うな。わたしがいる……いやわたしは美人じゃないが……」

口にしてしまって一気に恥ずかしくなった。自分の、言われる通り、そこそこ容姿もそう悪くないつもり、そのつもりでいる、ていう、ほんのちょっとこいつらに優越

してるっていう、いい気な自意識がつい表に出てしまった。そうだよ、わたし自身、「そこそこ」だってどっかで思ってる、それこいつらに見透かされてしまっていたのが悔しいんだ。わたしだって本当はセンスに自信もないし、お洒落でもないしなあ。そんな若くもない。わたしこそモーツァルトのディヴェルティメントなんか似合わないなあ。そこそこなんて言ってくれてるこいつらこそ気を使ってくれてるんだ、きっと。

「そうだね、代々木さん。代々木さんがブルオタだって言うから、僕の中でなんか革命が起きそうな気がしてたんだけどさ」とポン。

ああこいつ優しい。そっとしてくれてる。なにこの女、ブスのくせにナルシストって超はずかし、って言われても仕方ないのになあ、と思いつつ、でも主張すべきは主張しないといけないので、

「いやブルオタとは言ってない」

「じゃ、まあ、とにかくブルックナーが特に好きな女の人がいたってことで」

と、タケが言って、初めてなんか「友」な言葉を聞いた気がする。

終電が近かったのでここで終会となった。

去り際、タケから、メールアドレスといっしょに「よかったらここも見てください」と、「ブルックナー団公式サイト」の「ブルックナー伝（未完）」というアイコンを紹介された。

「自分が書いてます」というので「時間があればね」と適当に返して席を立った。

また会おう、とは言わなかったけれども、でもこれから先、ブルックナーの交響曲がプログラムにあるコンサートに行けばきっと彼らに出会うことになるだろう。そこで気が向けば今日みたいに集まって話してもいいと思った。

でもわたしは彼らと違って作者のことはどうでもいい方だから気のない様子を強調したわけだ。わけだけれども、帰宅してみると、今日は他に何もすることがない。ま、ちょっとだけ覗《のぞ》いてみようかと思ってPCを開いてアクセスすると、あった、「ブルックナー伝（未完）」。なんだこれ、という気持ちで先を読んでいくうちに一章全部読み終えてしまった。

2

ブルックナー伝（未完）

これは団員・武田一真が、手に入る日本語訳の資料と、他団員の助言とをもとにして、勝手に書いている小説です。資料にある記述は反映していますが、事実かどうかの責任は持てません。

【第一章】　我が被りたる醜聞《スキャンダル》事件の顚末

ヴィーンは一八七一年、十月ならば夕刻過ぎても空はなお青かろう。リンクシュトラーセ（環状通り）をそぞろ歩く人の内、丈が寸づまりに比して幅の極めて広い、あまり寛闊《かんかつ》も過ぎればぶかぶかと異様《ことよう》の黒服に身を包む、小太りの男ありと思うがよい。小止《おや》みなく動くその頭はと見れば、芸術家風な長髪の流行《はや》る昨今、頑迷に田舎流を堅持した五分刈りである。これまた珍奇に四角張った、大ぶりの靴で緩やかに歩を進める。大層重《おも》たげと見ゆるに反して、オルガンを奏するおりに、これは最適の一足であった。

一歩一歩と男はそのたび、歩数を確かめた。周囲に見わたされる建物の階数もそこにある窓の数も、ひとつひとつ数えて過ぎた。眼に映るものあらば数えあげるのがこの男生来の癖である。石畳の数、道で行き合う女性の数、女性は若く望ましい女性とそれ以外とで速《すみ》やかに分別された。彼の眼に若い女性とは十八歳以下をさす。男性の場合は、無髯《むぜん》の男性、髭《ひげ》ある男性とに分かたれた。当人はといえば、鼻下に三角の従順な領土を画する薄いちょび髭である。

彼は姓をブルックナー、名をヨーゼフ・アントンというが、ヨーゼフの方は普段聞かれない。皆、アントンと呼んだ。本人も必要時以外アントンだけで済ませた。

アントン・ブルックナーは一八二四年、リンツにほど近いオーバーエスターライヒ州はアンスフェルデン、すなわちオーストリアの前近代が今も息づく辺境生まれの当年四十七歳独身である。

現在、ヴィーン音楽院教授であり宮廷オルガン奏者、加うるにリンク内聖アンナ通りに面する帝立王立教員養成学校においても女子部の助教員として楽典とピアノ、オルガンを教えている。収入不足を埋めるためである。さらにはピアノの個人教授までもして常に補いを忘れない。そのかいあって今のところ一般市民よりよほど豊かな年収を得てはいたが、国家帝室の保証する確実な保護と予約のない未来を安楽視できない性分から、貧困という陥穽《かんせい》をひどく怖れた。

身分上厳密には補欠要員ながら、選抜を経た宮廷オルガニストであればオルガンの腕は名人級、とりわけ即興演奏に秀でた。一八六九年にフランス、ナンシーはサン・テプヴル大聖堂での演奏会に成功して以降、全欧的に名も知られ、そこは本人も誇るものがあった。

収入の過半を教職に頼って暮らすものの、教師の仕事の方はいずれも世過ぎと心得ている。真に望むは作曲である。合唱曲のほかミサ曲を三曲、習作を別とした大規模な交響曲を既に一曲ものし、今もたゆまず新たな交響曲を作曲中でいる。演奏機会の稀少から、広く一般に知られるとは言い難いものの、高く評価する聴き手はあった。

とはいえ、その奇矯《ききょう》な野暮ったいいでたちに、初対面者が彼を芸術家と思うことはまずない。とりわけその誰に向けても過度にへりくだる、洗練されない体制従属的小市民《ビーダーマイヤー》らしい振る舞いから、天才の世紀たる十九世紀、自負心と自立意識に溢《あふ》れ何につけても絢爛《けんらん》華麗、はたまたエキセントリックな、たとえばベートーヴェン、たとえばベルリオーズ、たとえばリスト、ヴァーグナー、等々に並ぶ、突出した才能ある作曲家とは認められ難いところであった。

その年の夏、アントンはオルガン即興演奏の巧みを見込まれイギリスへ招聘《しょうへい》された。アルバート・ホールと水晶宮で絶賛され、心に高い帆を張るように帰国したのが九月のことである。次いで十月十日、やや久方ぶりに聖アンナ教員養成学校へ出勤してみれば、いきなり校長室に呼ばれ、校長のヴィンケルホック氏から、「本日以後の停職」を告げられた。

「なにゆえに？」と驚くアントンに校長は、数日後の査問委員会への出席を命じた。

「先月来、女生徒らの間で、君の態度が問題になっているのだ」

白髯《はくぜん》のヴィンケルホック校長は顎に手を添え、もとより長い顔をさらに長くして続けた。

「君は以前授業中、受け持ちのフランツィスカ・シュトラインツに『lieber Schatz』と声をかけたそうだね」

「はい」

「その件を知った彼女の父上がひどく憤慨しておられるのだ」

シュトラインツ氏はリンツ実科学校の校長として当地の名士である。面識はないがアントンもその名は知る。

「そりゃまたなんとしてですか」

「君のその言い方は馴れ馴れしくて下品で、かつフランツィスカへの性的誘いかけを意味しているそうだ」

「誰がそんなことを？」

「そういう匿名の告発が父上へ届いたと報告されておる。同席していた妹のヴェロニカも同じことを聞いたと言っている。それから最近も匿名で、ブルックナー助教師は教室でいかがわしい話をする、とか、授業後、女生徒を待ち伏せしている、とかの告発が届いておる。これは嘘だろうがね」

シュトラインツ姉妹は受講にあって並び座るを常とする。確かにアントンは夏期休暇前の授業中、傍らの妹に向けてなにやらこそこそ小声で話すフランツィスカに注意を促さんとしたが、厳しい言い様は避け、リンツ育ちの娘なればその親愛の含み趣きを察しもするだろう当地の言葉で、「lieber Schatz」と呼びかけたものだった。「これこれ、そこのお嬢さん」ほどのつもりである。

「まさかそんな一言で」

「いや、待ちなさい、シュトラインツだけじゃない、他の生徒、アンナ・ベルニウスもゾフィー・アードラーも、まだ他に数名、証言しておるのだ。君は以前からフランツィスカ・シュトラインツを狙っていて、ことあるごとに馴れ馴れしい言葉をかけていた。それが教室の外であったら君はそのままフランツィスカに怪《け》しからぬ振る舞いをしただろうとね」

「があす冗談じゃねえっつぜ。わしぁかっちかちのカトリックでよさぁ、やるわつきゃねえっつだろうよ、そがほどの地獄落ち」

お国言葉で怒り狂うアントンを、校長は訳知り顔で制し、

「言いたいことはわかるし、私も生徒の言葉をそのまま信じるほど馬鹿ではない。君がそういう狼藉《ろうぜき》をはたらける人間であれば四十過ぎまで独身で浮名一つもないなんということはなかろうさ。いや、失敬。だがとにかく、君にまともな手はずで女を誘う度胸はないことぐらい、ここの教職員全員が知っておる。だがね、その不器用なもてない男がたまに機嫌よく『いよう可愛子《めんこい》ちゃん』とかなんとか、田舎弁丸

出しでぞんざいな口をきくと、女たちはおぞけをふるって嫌がるし、その嫌悪を理由に、あることないことでっち上げて破滅させたがるというのもあり得るだろう、と、そんな内情が、われわれにはよく察せられるのだ。以前、女性教師たちが君の風貌としぐさについて文句を言い出したところで私もこういうことが早晩起こるのではないかと案じてはいたんだが」

さても酷い言い草ながら、その奥の心、さんざん馬齢を重ねても世慣れないこの田舎者の不体裁と不利を認めた上で、味方せんとする校長の心ばえだけは、アントンにも了解された。とはいえ動揺は抑え得ぬ。

「じゃなんでおすか、わしはどうしろって。どうなるってんでっか」

「よくて戒告、悪ければ馘首《クビ》かねえ。委員会には私から、くれぐれも君の名誉だけは守ってやってほしいと伝えるが。しかしねえ、被害者だと言うておる生徒が頭から君を猥褻《わいせつ》漢と決め付けていて、撤回せんのだからどうしようもないのだ、これが」

「当学院に正義はないのですか」

「それだよ、対人関係に正義とか言い出すからここ、ヴィーンで君はもてないのだ」

憤然として、また無情の思いをきわめつつ、アントンは、自宅とする九区ヴェーリンガー街の高級アパート、へーネハウスの四階へと帰り着き、通いの家政婦カティによる作り置きの夕食を腹に収めた後、どさりとベッドに身を横たえると、周囲の家具と書籍やペン、ピアノの鍵盤などを、さてもう何十回目となるか、改めて数え上げた。

普段からも頻繁《ひんぱん》なこの「数え癖」は、彼が心許ない境遇に陥ったさいには一層はなはだしく発動し、幾度も、せめてもの支えとなってきた。それは僅かな心休めをもたらす、呪《まじな》いでもあり、新たな行動に移るおりは例外なく、いちにいさんし、いちにさん、とひとくだり唱えるが露払いである。これをあまたたび繰り返せば幾ばくか落ち着きを得た。作曲にあたっても、アントンは何通りか定まった数の音符を幾重にも重なる連続体として記すことを方法とする。リズムには、たーたー・たた、あるいは、たたた・たーたー、という四分音符二つと三連符の組み合わせが必ずあり、これが限りなく反復される。同じフレーズの繰り返しが自己の音楽の世界に磐石の安定感を与えるのだった。

こうして仕事に出ては憤然鬱然、帰宅しては数え続けて五日の後、呼び出しがあった。

指定された市庁舎三階、小会議用の一室へ来てみれば、窓側を正面とし、一直線に置かれた赤黒い重厚な紫檀《したん》のテーブルを隔て、市助役のウルバッハと校長、文部省事務次官付きの視学官という若く容姿端麗なフォン・ヴァルダーゼー、加えて芸術院副委員長を務めるグロスハイムが並び座っている。

手前のテーブル上に置かれた書類を各々点検する四人に向かい、アントンは面接を受ける生徒のようにひとつぽつんと置かれた椅子に座らされた。ここまで若干急ぎに階段を上り来たのでじくじくと背中に汗が湧き、痒《かゆ》かった。

「ヨーゼフ・アントン・ブルックナー君だね」と、よく太って禿頭《とくとう》、校長に勝る美髯《びぜん》のウルバッハ助役がやや高い声を発した。はいと応答すると、続いてヴィンケルホック校長が今回の件での報告書を読み上げた。

「休暇中の九月十一日に当校と数名の保護者宛に匿名の告発文が届き、そこには以下のように記されていた。

ブルックナー助教師は本年六月十八日の音楽理論指導のさい、妹のヴェロニカ・

シュトラインツと私語を交わすフランツィスカ・シュトラインツに対して『lieber Schatz』と声をかけた。フランツィスカ・シュトラインツはその言葉と態度を、教師にあるまじき馴れ馴れしさと感じ、ヴェロニカに『ひどい下衆《げす》な先生もあったものだわね』と言った。それを聞きとがめたブルックナー助教師は『この馬鹿娘どもが』と悪態をついた。

告発文は、このように低劣な言動をとるブルックナー助教師は教師失格である、と結ばれていた。その後、父上のシュトラインツ氏から抗議があり、『こういう品性下劣な教師のもとで娘を学ばせることはできない』として、二人を退校させ、郷里に呼び戻すこととなった。シュトラインツ氏は姉妹の復学のためにブルックナー助教師の退職を求めている。が、学校側としては、これだけのことで助教師の職を解くことはできないと回答した。

すると、その後、また匿名で、『あのブルックナーという猥褻漢を教師にしておくのは許せない』という抗議文書が頻繁に届くようになった。そこには……」

ここで校長は少々間を置いた。それは、この後の文面をいかなる抑揚で読むべきかという判断のための一瞬の遅れであった。

「ブルックナー助教師は、フランツィスカが不満を漏らしたさい、『このアマ、でかい乳してうるせえんだよ』と言い返した、などと記されていた」

「いえフランツィスカの乳はさほど大きくありませんのでそういうことをわたしは言えません」と、アントンはよほど立ち上がって叫ぼうかと思った。しかし、それはきわめて論理的と思えるものの、これを言えばすべてお終《しま》いとなる、と、乏しいながらこれまでかつかつ培《つちか》ってきた社会性が主張したために辛《かろ》うじて自制した。

「事実かね、ブルックナー君」とウルバッハ助役。

「大嘘であります。『lieber Schatz』と声をかけた、までは事実ですが、後は全くの虚偽《きよぎ》です」と、アントンは煮え立つ腹を抑え抑え、懸命に冷静さを保たんとしながら返答する。

そこへ校長が、

「この点に関しましては、姉妹たちも否定しています。念のため周囲にいた生徒たちにも聞き込みをしましたが、証言に統一性がありません。ある者はブルックナー助教師がただ不機嫌そうにしていたと言いますし、ある者はシュトラインツ姉妹が素直に謝ったと言っております。しかし、『この馬鹿娘』と怒鳴ったという報告はありませんでした。ただ……」

また一息ほど間をあけて校長は続けた。

「それとは別の告発文が来ておりまして、一週間後の六月二十五日、ブルックナー助教師は講義後、裏庭へ来て、裏門脇の菩提樹《ぼだいじゅ》の後ろに一人で立っているフランツィスカ・シュトラインツを見かけると、『そんなところでどうしたね、フランツィスカ』と声をかけ、なにやらにやにやしながら近づいてきてその手をとろうとした。フランツィスカは怯えて動けずにいたが、そこへ誰か来る様子があったのですぐさまブルックナー助教師は逃げ去った。さもなければ尋常ならざる事態となっていたに違いない、と。これはたまたま目撃したという、とある生徒による匿名の告発であります」

これまたさいぜんを上回る悪意ある告発にアントンは大驚愕し、

「全くの大嘘であります。どうしてそんな嘘が」

と慌てて告げた。

「で？　その日、裏庭へ出たのは事実なのかね」とウルバッハが問いかけた。

「はい。私が制作しました楽譜の清書を写譜屋に頼んでありまして、その日、取りにゆくことになっておったのです。写譜屋の店には裏口から出るほうが近いのです」

するとと校長が、

「六月二十五日の件、末尾の部分は飽くまでも臆測であって事実の報告ではありませんし、この部分が虚偽であることに関しては私も同意見です」と応じてアントンを安堵させてくれる。

そこで一息つくのも束の間、

「しかし、この匿名の告発文によれば、ブルックナー助教師は女性を指導する資質に欠け、常日頃、女子生徒にとって不快かつ有害な態度をたびたび平気でとっている。それだけで教師失格だということなのです。そこをシュトラインツ氏も強調しておられます」

アントンは顔色を変えた。資質の問題なぞと言われようならば、事実か否かと別の問題になってしまうでないか。これには弁明しうる言葉がない。

ここで四者やや思案顔となっての後、長髪無髯、どこやらフランツ・リストを思わせる装いのグロスハイム芸術院副委員長が重々しく言った。

「ではこの件は、ブルックナー助教師の教師としての資格を問う問題として審査することになりますね」

「ええ。そうです」と校長。

「了解しました。ではここで事実確認は終了として本日は散会としましょう」とウルバッハが告げた。

十日後、同じ場所で決定事項が通達される、と校長から鈍色《にびいろ》の声で伝えられ、アントンはもやもやと重く燻《くすぶ》る心持ちのまま市庁舎の薄暗い螺旋《らせん》階段を下りた。

委員会の二日後、アントンは音楽院の講義を終えた後、出向くを常とするカフェ・インペリアールの一隅にいた。アインシュペンナーと呼ばれるホイップクリームを載せたコーヒーの二杯目を頼んだあとはいつもどおり、店置きの新聞数種を読む。するとその一紙にとある小さな記事を見出した。手にしたのはオーバーエスターライヒ州シュタイアー市で発行される「アルペンボーテン」紙で、そこに「宮廷オルガン奏者アントン・ブルックナー氏、女子生徒への不道徳な言動から教員養成学校解雇か」と見出しに名前まで出ている。

このときアントンは、身に覚えのない疑惑から自分がヴィーン中の物笑いの種となっていること、理不尽極まりない虚偽の告発によって身に破滅が迫っている事態を知ったのである。すぐさま最も激しい物数え発作が始まった。

かくかく、幾度かの緊急発作を経過して、漸くの十月二十五日、アントンは再び市庁舎三階の小会議室にいた。

ヴィンケルホック校長が厳《おごそ》かに口を開いた。

「先日、ことの次第を知ったシュトレーマイヤー文部大臣からの通達がありまして、かように愚劣な匿名の告発によって能力ある音楽教師を退任させることはまかりならん、とのことでした」

アントンの身は今にも頽《くずお》れそうであった。シュトレーマイヤーはアントンのミサ曲第二番の公演以来の理解者である。あの御方が自分を救ってくださったのだと知って覚えず落涙しそうになる。

校長は、

「彼の優れたオルガン演奏能力と対位法の理解の深さは私も保証します。たとえ立ち居振る舞いにヴィ、い、い、ーン風でないところがあったとしても、それを理由に解雇するというのは、毛色が好みでないからと、みすみす名馬を捨てるようなものと考えま

す」と続けた後、

「これでブルックナー氏に関する疑義は晴れたとします」と宣言し、会議はあっけなく終了となった。

「しかし、それにしてもね、」と、リストもどきの洒落者グロスハイムがまだ言う。「娘たちが、一気に彼を憎むようになったというのは、一体どうした訳でしょうな？」

「それはこういうことではありませんか」とフォン・ヴァルダーゼー視学官が白皙《はくせき》の面を上げ、これまでにないくだけた口調で話し始めた。

「六月二十五日、フランツィスカ嬢は最初、人目につかない場所にいたわけですね、それには理由があるでしょう」

「理由？　ああ、そうか」とグロスハイム。

「ええ、そうです」とフォン・ヴァルダーゼー。しかしアントンには何のことやらまるでわからない。

「あのう、どういうことかお教えいただけますでしょうか」

四人から、なるほどよな、こういう人間だからこんな目にも遭うのだなあ、といわんばかりの視線が発せられるが、懸命のアントンは気もつかない。

「ああ、そうですね、つまり、」とやや気の毒そうにフォン・ヴァルダーゼーが応じる。

「フランツィスカ嬢はそこで密かに誰かと待ち合わせしていたのでしょう。むろんそれはあなたとではありません。おそらくは学内の男子生徒と。そこへたまたまブルックナー先生、あなたが通りかかって、見ぬふりをしてそっとしておけばよいものを、『いようどうしたね、君』などとけっこう大きな声で呼ばわるものだから、フランツィスカ嬢は大いに気を悪くした、しかもこの件が父上に知れるとまずい、と、こういうわけでしょう。そこで先回りして父上に無神経な教師の悪口を言い立てようとしたのでしょう。これに友人たちも味方した。おそらくはこんな事情があったと考えます」

はあ、そうでありますか、とアントンは、深いため息をついた。娘の気持ちですか。娘たちの思惑とは、なんと複雑で予想もつかないことだろう。規則性も反復の安らぎもない、信ずべき定数もない。なるほど色男たちには、俺に見えないこの世界の、曲がりくねり、割り切れない半端な数に満ち満ちた在り様がよく見通せるらしいわい。

溜息はいよいよ深かった。

このようなアントンが一体、色恋渦巻き人間関係複雑怪奇な、退廃と爛熟の都ヴィーンに一大交響曲作家として名をとどめることはできるのであるか。まずは彼を最も弱らせた、現在言うところのセクハラ疑惑の一くだりをここにお伝えした。


……呆《あき》れた。「ブルックナー伝」と言いながら最初に出してくる話がこれ？　伝記と言うならもっと違うところから始めたらどうなんだろう、なんというか一番馬鹿馬鹿しいエピソードではないか。非モテの元祖っていうところかなあ。確かにブルックナーは生涯一度も結婚してない。当然だ。これじゃ女性には嫌われるよなあ。きっとタケたちの非モテ経験がこういう話に注目させてしまうのだ、と思うとなんだか自分まで情けない気分になってきた。

が、意外に面白くはあった。あのぼんくらそうなタケにこんな才能があったなんて驚きだ（そこはブルックナーにも似ている）。

そう思って、ちょっとだけ誉《ほ》める内容の感想をタケにメールした。

3

次の日、タケから添付ファイル付きのメールが来た。

「お気に入りいただけたようなので、もうひとつ、あの事件の後のこととして書いた部分を添付でお送りします。『ブルックナー伝』に加えるかどうか、迷っていますが、資料によればこれもほぼ事実だそうです。できればご感想お願いします。タケダ」

とあって、その添付ファイルを開いてみると「我が秘宝なる嫁帖《よめちょう》」という、これまた変な題名の文があった。

我が秘宝なる嫁帖

一大危機は脱した、尊い大臣閣下の力添えが功を奏した、それらはまことに有り難くも喜ばしいことである。さりとて、アパートに帰って後も、アントンの気は一向に晴れない。こうまで貶《おとし》められる自らの不遇と不条理に、ほとほと心折れていた。

それによるのであろう、何としよう、ペンを取っては机上の五線譜に向かい、また、響きの実際を脇のピアノに問うてみるものの、いかなる日も欠かさず続ける作曲、その意欲が本日に限ってはどうしても湧いてこない。物数えもこの日ばかりは魔法を失っていた。

そこでアントンは、机の右側鍵付きの引き出しに保管してある、大判黒革のノートをそっと取り出した。

表紙に何も書かれてはいない。

心まかせに開いてみれば、一八六六年八月十七日、と日付があり、すぐ後に、晴れ、温度高い、午前中作曲、と足されていて、それは日記の意味合いもあることが知れる。

本文にはまず、ヨゼフィーネ・ラング、と女性の名が記されている。次に、

出会いのおりは十六歳、髪は栗色、眼は灰色、容姿端麗、面長、身長約五フィー

ト三インチ、胸小さく腰細くやせ型、声はアルト、性格控え目だがよく笑う。

音楽の才あり。

一八六〇年六月十日からピアノを教える。

父は肉屋を営む、母は教師を父に持つ、兄あり名をアントン、好意的。

一家は音楽に多大の理解を持つ。

一八六六年六月三日、レッスンの途中、強く心打たれ、八月に婚約願いを決意、八月十六日付けで特別装幀の祈禱書と金時計とともに手紙を送付。

八月十七日、拒絶とともに祈禱書・時計は送り返される。

二十歳も齢が離れているので結婚はできません。変わらず尊敬はしていますけれども、とのこと。


とあって、最後に、63、と番号が振ってあるのは、これが六十三番目の求婚相手であることを示していた。言葉を換えればこのときまで、アントンは六十二人にプロポーズを断られているわけである。

アントンは身の回りに若く美しい女性、とりわけ二十歳以下、十六、七の美少女を見出すと、言葉交わし名を呼び合う期間など待つことさえせず、必ず婚約を求めた。そのやり方がひどく性急で、たいてい即答を求めたから、知り合って間もない珍妙な中年男が突然「結婚を」と切羽詰って迫ってくるのに「はい喜んで」と答える娘はいない。

ヨゼフィーネとはそれでも数年も師弟関係にあって、それなりに親しく、また断りの手紙にもあるとおり偽りでなく尊敬もされていたはずだが、しかし、このときのやり方も従前とまるで変わらず、前日まで何の素振りも見せずいたアントンは、十六日、いきなり「両親にお会いして婚約を許していただきたい」という手紙を送ったのだった。

しかもそこでは、

「これからする質問に、すぐ率直な、決定的なお返事をください。次の問いにいずれかはっきりとした回答をください。ご両親に求婚を申し出ることをお許しいただけますか？　それとももはや私に対しては完全に愛がなく、私との結婚はできませんか？　真面目にお尋ねしています。できるだけ速やかに明確に、お答えくださ い。もう一度お願いします。どうか率直ではっきりしたお返事をください。求婚を受け入れてくださいますか。それとも永遠に拒絶なさいますか。どっちつかずの曖昧な言葉の綾は絶対やめてください。そうした言葉を私は読み取れません。どちらかひとつです」

と、これほど性急に、趣も情緒もあったものでない口調で回答だけを求めたのだから、たとえうまくゆく可能性が万に一つあったとて、これを見ては、こんな男とは到底やってゆけない、と判断されて当然でなかろうか。

案の定、ヨゼフィーネは間をおかず、拒絶とともに同送品二種を送り返してきた。

そこでこのたびの落胆は、かつて一八四七年、アントン二十三歳の聖フローリアン修道院国民学校での助教師時代、自作の独唱曲とピアノ曲を数曲も献呈までした初恋の相手アロイジア・ボーグナー、通し番号1の女性から拒否されたおり以来のダメージで、アロイジア以後、六十ほどの失敗例に比べても、格段に痛手の重さが違った。独り住まいの兄の憔悴《しょうすい》を見かねた末の妹マリア・アンナが身の回りの世話に来ることを決めたほどだ。

ここだけ聞けばなるほど、気は利かない男だがそれはそれで気の毒なこと、と感じられてもよかろうけれど、では同じ黒革ノートの、ヨゼフィーネの次の記述を見るがよい。

ヘンリエッテ・ライター

年齢十八歳、髪は金髪、眼は青、容姿端麗、やや丸顔、身長約五フィート一インチ、中肉、胸はやや豊満、声はメゾソプラノ、性格固く内気、音楽の才は乏しいが財産は聞くところ三千グルデン以上ありとのこと。

五月十日、この娘の身辺調査を依頼する。財産はもう少々多いとのこと。

当方が四十二歳であることはさしあたり伏せておくよう、念を押しておく。

八月二十三日、求婚するが即座に断られる。64

これを見るなら、大恋愛のはずのヨゼフィーネに拒絶され、大落胆し絶望した日から六日後に、別の、かねて友人に調査を頼んでいた女性に求婚し、断られていることになる。

さらにヨゼフィーネに関する記載の前には、七月十五日として、

ゾフィー・アドリオン・フックス

年齢十七歳、髪は薄い茶、眼は緑、容姿端麗、細面《ほそおもて》、身長約五フィート四インチ、やせ型、声はメゾソプラノ、性格やや気性激しいもよう、音楽の才いくらかあり、持参金六千グルデン。良家の養女。

七月十日、シューベルトの『セレナーデ』の楽譜を贈ったが、十二日、送り返される。

62

六月三日のおりヨゼフィーネに「強く心打たれ」、婚約を求めようと決心していたはずの七月に、別の、持参金の多い娘に打診している。

またその経過の詳細をいちいち記録している。振られた記録だけを見て何が楽しいか、と、言いたくもなろうけれど、アントンにあってはまず女たちの記憶そのものが尊い。結果がどうあれ、折につけこのメモを覗くと、出会った時の娘たちの容貌としぐさが昨日のことのように蘇り、空想上では必ずや祝福されつつ結ばれていたはずの十六、七の花嫁を、若妻を、偶像のように懐かしく想起する喜びを彼にもたらすのだった。相手を見初《みそ》めたさいの記憶だけに浸ることは、姿も心も移ろいやすく、ときに無理無体な過酷の言葉さえ吐きかねない生身の娘に相対《あい》さずいるゆえの、深々しい確実の安心を与える。その出会った刹那《せつな》の記憶のコレクションとしてこのノートはあった。

アントンはこれを、「嫁帖」(Braut Dienstplan) と呼んでいた。その名は、ひとたび愛した美少女たちのイメージはすべて自分が所有する、の意味を示す。アントンは気の塞ぐとき、決まってこのノートを眺めては、永遠に若く美しく愛らしい、架空の嫁たちに囲まれている気になった。その心地が、彼の日々に溢れる不如意と恐怖を忘れさせ霊感を膨らませるのだ。

心からの親愛をこめてアントンは口ずさむ。

「おお俺の嫁、俺の嫁たち」

このとき、アントンには激しい創作欲が湧いていた。

読み終えたわたしはひどく厭な気持ちでファイルを閉じた。こんなクズな男のクズな心持ちで作られた音楽に陶酔していたのだと思うとちょっとばかり背中が寒くなった。嫌がっていた女子学生たちはやっぱり間違ってなかったのだと思えてくる。いや、それでも、あの音楽は嫌いにならないし、なれない。でもだからこそこういうことは一切知りたくなかった。わたしはすぐタケにメールした。

「最低ですね。サイトにアップするなんて絶対やめるべきです。読めばいよいよ女性ファンが減ります」

4

好きな本はバーネットの『秘密の花園』とかカニグズバーグの『クローディアの秘密』だった。尾崎翠《おさきみどり》の『第七官界彷徨』と野溝七生子《のみぞなおこ》の『山梔《くちなし》』、立原《たちはら》えりか、安房直子《あわなおこ》の童話。ブロンテ姉妹とジェーン・オースティン。森茉莉《もりまり》と幸田文《こうだあや》と武田百合子《たけだゆりこ》のエッセイ。近いところでフランチェスカ・リア・ブロックの『〝少女神〟第9号』がお気に入りだ。それとジュリエット・サマーフィールドの『星たちの記憶』ね。あと稲垣足穂《いながきたるほ》、宮沢賢治《みやざわけんじ》、中勘助《なかかんすけ》、ヘッセ、ヒメネス、ブラッドベリ、とか、なんか少女、少年って感じのものばかり昔から愛読している。

英語学科に入ったのは翻訳がしたかったからだ。結局、才能がないと思って諦めてしまった。それでも好きな本のそばにいたくて、司書の資格が取れたのはよかったものの、正式採用なんて宝くじ級に稀《まれ》だから、今も区立図書館の非正規職員をしている。基本、残業がないのは助かるけれど、毎回不条理なことを言ってからむ（主に年配男性の）クレーム客が厭だ。それとベストセラーの貸し出し希望ばかりが何十人待ち、という最近の図書館の現状も残念だ。ただ、子供と学生に「いい本」を教えてあげることができるのは嬉しいし、何人かいる、読書好きの女の子たちと話すのが楽しみだった。

だがその日、わたしは大いにへこんでいた。

わたしの勤める図書館は正規職員が三人しかいなくて、あとは非正規のアルバイトが五人。アルバイトは基本一年ごとの契約更新なのだが、これまで特に契約を打ち切られる人はいなかった。本が読まれなくなったと言われているけれども、近年は定年退職した人がどっと増えたこともあって図書館利用者は実は増加している。それはありがたいのだが、借りに来る人が増えると仕事が増えるばかりでなくて、イヤなことも増える。

今日来ていた六十過ぎくらいの老人が、資料を調べるでもなく、借りるでもなく、館内をあちこちぶらぶらしながら「日本経済の没落を防ぐにはまず新規参入企業の育成を……」といったような独り言をぶつぶつと言う。二、三日前の読売新聞の社説に出ていたことそのままなのだが、本人は周りに教え諭すように得々と語っていた。大抵の人は避けるのだけれども、その声が煩《うるさ》くてしつこくて、早く出て行ってくれないかなと思っていると、わたしがいつもあれこれオススメ本を紹介している女子高校生が入って来た。すると老人は、その子にぴたっとひっついて、「君もねえ、そんなどうでもいい小説なんかより経済を学びたまえよ」と説教し始めるのだった。

その子は気味悪がってささっと逃げるのだけれども、ずんずんついて行って「君も日本経済をだなあ」と続ける。こりゃいかん、と思ったのでカウンターから出て、老人のところに行って「ちょっと、お客さま」と言いかけると、今度はものすごい大声で、

「なんだ、おい！　なんか文句あんのか」

と凄まれたが、そこで怯《ひる》むわけにはいかない。

「他の方のご迷惑ですのでお静かに」と言うと、またさらに大声で、

「下女は黙ってろや。俺は……」と怒り出すので、まずは被害を受けつつあった女子高生の前に立ち、右手で避難するよう示す。

「貴様何様だ?」と、また怒鳴る老人だが、女子高生を逃したあとは腹が据わったので、

「ご不満があればお聞きします」とできるだけ冷静に言う。

「俺はここの客だ、馬鹿者、客は神様だろう?」と言うが、図書館でお客様は神様なんて聞いたことがない。でも、このとき、ずっと前ネットで見たある会話が思い出されて、

「あのう、ほかの神様にご迷惑なので」

と言ってみたら、遠まきに見ていた周囲がどはっと笑い出した。その声に老人がちょっとひるんだ様子なので、よし、やったっ、そのまま帰ってくれ、と思った瞬間、相手はいきなり手を伸ばしてきて、首を絞められた。

こいつ本物のアレだ、しまった、これじゃやられる、と脅《おび》えたところで、先輩の歌《うた》田《だ》さんという男性が飛んできて、老人をねじ伏せ、すぐさま通報の指示をした。

館内はしばらく大パニックだったが、十分後、やっと来てくれた警察官に老人が連

行され、なんとか事なきを得た。でもそのあとが面倒で、警察署まで行っていろいろ聞かれた末に「被害届を出しますか？」と問われ、よっぽど「はい」と答えたかったのだけれども、予め館長から「絶対事件にするな」と言い含められていたので我慢した。ものすごく悔しい。もやもやした気持ちのまま帰ってきたら、館長から長い注意を受けた。

今回は相手の行動が常軌を逸していたからかえって対処できたが、普通ああいうときはどこまでも下手に出るべきである、言い返すなどもってのほか、通報も望ましくない、どこまでも穏便に、という話なのだが、納得できない。できないけれども、大ごとになった責任はあるように思えたし、館長の立場も考えて、申し訳なさそうにしていた。

やっと解放されて歌田さんに深々と頭を下げてお礼を言うと、「うん、俺、大学で柔道やってたからまたなんかあったらね。言い返しナイスだったよ」と、いい答えをくれた。

しかし、またこういうことがあったとき、いったいどうするのが正解なのか。これまでクレームに対しては館長の指示通り、できるだけ丁寧に対応してきたのだが、あんな暴力男に「すみません至りませんでした」なんて言えるかなあ、ブチ切れそうだなあ。と帰ってきてからどっと気分が落ち込んだ。

有りもので夕食を済ませ、この日もPCに向かってメールチェックをすると、タケからメールが届いていた。

「タケダです。『ブルックナー伝（未完）』、さっき、第二章をサイトにアップしたので、またお時間のあるとき読んでみてください」

これまで感想というものをもらったことがなかったのか、ほんの少しよいと言われただけで俄然《がぜん》続ける気になったらしい。わざわざメールで伝えてくるところ、素っ気ない文面だがわたしという読み手への期待がうかがわれる。でも非モテ話はもういいから、と思って見れば今回はどうも違う。幸い、先日の「嫁帖」はアップを取りやめたらしかった。

ブルックナー伝（未完）

【第二章】我が赴くは至上なる栄誉の地バイロイト

一八七三年夏、アントンは、おりしもコレラが猖獗《しょうけつ》を極める危ういヴィーンを離れ、避暑地マリーエンバートに滞在していた。宿の名を白馬亭という。八月初め、ここからならば一日で辿り着くバイロイト在住のヴァーグナーに宛て、面会の希望を認《したた》めた手紙を送ったが、八月末となっても音沙汰がなかった。予定外であった。八月中に訪問の心づもりで滞在の予算を考えていたのだ。

この年、バイエルン王ルートヴィヒ二世の全面的な支援を得てバイロイトに専用の劇場を建築中であったヴァーグナーは、オペラを総合芸術として再構築するばかりか、ヨーロッパ音楽そのものに大きな改変を迫る偉大なパイオニアと目されていた。敵対者も多かったが、その才気その創作力は誰もが認め、「新ドイツ派音楽」を率いる帝王と呼ばれていた。

対位法を学び終えた後、自分より若い指揮者に器楽論の教えを請うたアントンだが、その師オットー・キッツラーが新しい技法の手本としたのがヴァーグナーの作品であった。

アントンが初めてリヒャルト・ヴァーグナーその人に対面したのは一八六五年五月、『トリスタンとイゾルデ』の初演を聴きにミュンヘンへ来たおりである。しかしアントンはこの巨匠の前でうちつけな自己宣伝など果たせもせず、「お目にかかれてまことに、まことにまことに光栄です」とだけ言うとあとはひたすら頭を下げ、身を低くすることに懸命であった。

翌六六年、アントンの交響曲第一番が完成、さらにミサ曲第二番も完成した。次いで六七年、ミサ曲第一番のヴィーンでの初演はまず成功と言ってよかろう結果を見た。

六八年一月には同曲がリンツで再演される。同年五月にはきわめて不首尾な形ではあるが交響曲第一番の初演が同じくリンツで実現した。

七二年六月には六八年に完成していたミサ曲第三番がヴィーンで、宮廷歌劇場オーケストラ（ヴィーン・フィル）楽団員を雇ってアントンの指揮により初演された。とはいえ指揮は本番だけで、リハーサルまでの練習はすべて宮廷歌劇場総監督ヨハン・ヘルベックが行った。音楽院教授就任認可のさいの試験として行われたオルガン即興演奏でアントンの驚くべき手腕を知って以来、ヘルベックは彼の才能を最も高く評価する一人となっていた。

　近年のアントンの作品はミサ曲より交響曲が主となりつつある。一番の後に完成させてはみたものの、ある指揮者からその第一楽章について「いったい主題はどこにあるんだね」と言われて一気に自信を失い、「第二番」としていた表題に斜線を引いて「無効」と書き、引っ込めた二短調の番外作品（後年、書き改めて「ゼロ番」とされる）の後、自分としてはかなり満足のゆくものとみて、今度こそ「第二番」とした八短調の作品が完成した。一八七二年九月のことである。

　それは、畏友《いゆう》ヘルベックの奔走によって翌年の十月二十六日、ときあたかもヴィーンで盛大に開催されていた万国博覧会の終了演奏会として初演されることが決定した。今回もミサ曲第三番のさいと同じくヘルベックの念入りな指導の後、アントンが指揮した。演奏後、ヴィーン・フィル団員から拍手が沸き起こったので、アントンは大いに気をよくし、この第二番をヴィーン・フィルに献呈しようと申し出たが、無視された。

　以上、個々には悪くない成果とも言えたが、ヴィーンの名だたる作曲家らの人気と権威には程遠く、副業のはずの教師業をアントンは今もやめることができない。

続いて交響曲第三番ニ短調の制作が半ばを越えた頃、アントンはようやく、かつて面会のさいヴァーグナーに自作交響曲を見てもらわなかったことを悔い始めた。そして初対面から八年を経た今年、再度の面会を決意した。

神と奉るヴァーグナー御大に自ら目通りを請うとは恐れ多いことながら、今はなんとしてもこの音楽芸術の神の膝にすがりつきたかった。アントンの胸中は崇拝の清らかさのみにとどまらぬ。まず自作交響曲への批評を望んだ。いなそれで終わりはすまい。アントンはさらに献呈先の未だ決まらぬ交響曲第二番と制作中の第三番の、いずれかあるいは両方を、ヴァーグナーに献呈せんと考えた。もし大ヴァーグナーに捧げて受け入れられた、とならば、無名な作曲家ゆえの不遇も、遂に報われるであろう。ヴァーグナーの名誉と権威が己の作品公開の機会を一挙に増やすに違いない。

芸術家には、尊敬する著名人を用いて如何様《いかよう》の自己宣伝も許される、と、かかる発想はリンツ在住のおりにはなかった。他人にさは見えずとも、アントンもまたヴィーンにあって、芸術家の行動様式を学んでいた。

八月三十一日、持参してきた交響曲第三番ニ短調・第四楽章のスケッチを終えた。これを機として、アントンはヴァーグナーの返信を待たず、面会を求めることを決意した。

マリーエンバートからは列車で国境を西に越える。朝早くバイロイト駅で降りるとひとまず宿を決め、小雨の中、傘を手にダムアレー街にあるというヴァーグナー邸へ向かった。九月十三日のことである。

邸では執事らしい、深緑色の背広を着た中年ほどの髭のない男性に、三時間後、来るよう言われて一旦宿に戻った。これでともかく予約はされたのだ、拒否はされなかったのだということにブルックナーはひと安心した。気の張ることでも、予約とか先の予定とかがあるとブルックナーは少し楽になれる。何にしてもいきなりが苦手なのである。

時間がきたので、まだやまない雨の中、歩数を数え数え、ぼんやりと進むうち、再びヴァーグナー邸の前に来たので、執事に面会を願うと、すぐ現れた若い召使に、

「どうぞお入りになってお待ちください。先生に取り次いでまいります」

と言われて控えの間に案内された。

ふと耳にピアノの音が届いた。奥の扉の向こうらしい。あのピアノはヴァーグナーその人の演奏なのだと思うと、邪魔してはならないと思い、動けなかった。手には丁寧に包んだ重い二冊の総譜がある。時間とともに重さが増す気がする。だがいかん、直立不動で先生を待とう。とするうちに、しかし、ブルックナーには生真面目の一方で常にある子供らしい好奇心がどうしてもまさってきて、演奏中の曲がまだしばらくは終わらないだろうことを予測すると、誰も見ていないのをさいわい、奥の扉のところまでそっと進んで、膝をつき、鍵穴から中を覗いてみた。

そこからピアノは見えなかった。

それだけ確認すると、出来心で言いつけに背いた子供のように急いでもとの位置に戻り、ときおりシャンデリアを見上げながら、再び総譜二冊の重さに耐えた。

一曲が終わると、静寂が来た。それがなかなか破られず、これはまた緊張が高まってくるなあ、とやはり不動でいると、がたりと正面の扉が両開きに開き、遂にその人は現れた。

「ブルックナー君、ようこそ」

ヴァーグナーは、足りない身の丈を補うように背を反らしながら歓迎の意を示した。しかし実のところ、劇場と自邸の同時建設、さらに二十年にもわたる『ニーベルングの指輪』作曲の完結を急ぎつつその上演の準備、という多忙の中であったから、この一ファンには通り一遍の挨拶で済ませ、一刻も早く帰らせる算段をしていた。

「お目にかかれてまことに、まことにまことに光栄です」

アントンは近寄って片膝をつき、その手にうやうやしくくちづけをした。ヴァーグナーは、その大げさな仕草に、いささか迷惑そうな顔つきにもなったが、しかし、忠臣を無下《むげ》にすることは彼の本意に反する。ここはともかくもよくあしらっておこうと穏やかな笑みを浮かべた。ただ、相手の手にした分厚い楽譜らしきものが気になった。

「わが偉大な師匠にご挨拶に伺いました」

アントンは、いつもの過度なへりくだりを次々と繰り出したが、しばらく続けると、もはや運を天に任せる気持ちになった。

「このたび持参しましたこの交響曲を一目ご覧いただきたく、お願いにあがった次第であります」

言った。言ってしまった。言ってしまったではないか。やればできる。アントンは深さ数万フィートに及ぶ谷を一気に飛び渡った気がした。

ひとたびはいくらか愛想を意識したヴァーグナーではあるが、これを聞くと、やはりか、と途端にうんざりした顔になる。

「誰も彼もそういうことを言って押しかけてくる。君の作品の評判は聞いている。だからできれば見てみたいとは思う。だがこれほど多忙ではね。すまんがじっくりと見て差し上げる時間がないのだ」

ここでアントンは、飽くまでも念入りにへりくだりつつ、諦めを知らない厚顔な執拗さをもってくい下がった。わずかにざっとだけご覧いただけるなら、それで十分なのです、ほんの一目、どうかどうか、どうかお願い申し上げます。

それに答えて、

「三日後に来なさい。今は無理だ」

と言うヴァーグナーの言葉は、このへんでもう諦めて帰り給え、のソフィスティケートされた合図であった。ヴァーグナーが作品を介して交際する相手の多くは、芸術家知識人都会人そして上流階級である。洗練された誇り高い人々であり、自らのセンスを自負し勘の悪さを恥じる人々である。そうした相手には一言で十分通じたろうけれども、このアントンを相手にそうはゆかない。

さらに田舎出の根性をもって粘り強く訴えてきた。

「貴重なお時間をいただこうとは毛頭、考えておりません、慧眼《けいがん》であられるそのお目で、ほんの一巡り、さわりをご覧いただくだけでよろしいのです。問題があればすぐおわかりになるはずです。どうか、ここはほんの数分でよろしいのです、どうか、どうか、今、ここでお願いできませんでしょうか」

ほう、と思わずヴァーグナーは声を上げた。こんな根強い執拗さを見せる相手は初めてだった。一崇拝者の分際でここまで要求してくるとは、とヴァーグナーはむしろブルックナーというぼんくらを少しだけ見直していた。こいつは徹底して無粋者だが、だが、それゆえの野蛮なしぶとさがある。線の細い高級芸術家たちにはないものだ。

ヴァーグナーの胸に、僅かばかり譲歩してみようか、という仏心が湧いてきた、というより、ここでざっとでも見てやる素振りを示さねば、こやつ、絶対帰らないな。ならば、ここで簡単に見てやるほうが時間もかからないということになる。一目見て、つまらない作品ならそこですぐ拒否してたたき出せばよいのだ。このあたりの観察と判断もヴァーグナーは的確であった。

ヴァーグナーは苦笑しながら、アントンの肩をたたき、

「ではこちらへ来たまえ」と居間へ導いた。

細かい模様の浮く真紅の布を張ったロココ調の椅子に腰かけて、大きな総譜の一冊を見開くヴァーグナーを前に、アントンは、椅子を勧められても立ったまま、教師の採点を待つ生徒のように畏《かしこ》まっていた。

「そちらがハ短調の二番であります」

一楽章から順に主題だけ追ってみたヴァーグナーは、思ったより自分の好みに合うことに驚いていた。そこで管弦楽法と和声にも目をやると、これがまたなかなか意表を突いている。

「ふん、なかなかよいね」

と口に出してみると、前に立つアントンが両手を組み、おお、光栄です、おお、と感に堪えない様子を見せる。ここまで歓喜をあらわにされると、ちょいと喜ばせすぎたか、とヴァーグナーは持ち前の気難しさを再来させ、

「だがまだ型通りのところがね」

と、その形式のおとなしさを難じた。伝統的な規範に反逆するヴァーグナーは常に先鋭的な響き、新しい様式を望む。交響曲第二番は、ブルックナーの交響曲すべての内でもとりわけ古典的な様式性を残していた。

続いて「こちらがニ短調の三番であります。三楽章までは完成しておりますが四楽章のみ、スケッチの形で持参いたしました」と手渡され、「うん」とヴァーグナーは一楽章に目をやる。バスとチェロの保続音に木管の五度音で始まるか、なるほど、と見ていくと、珍しいことにトランペットが第一主題を始めたではないか。この時代に主題をこうした方式で提示する交響曲というのは見当たらなかった。しかもそれがなかなか旋律的にも華やかで、ヴァーグナーの気に入るものである。さらに続く主題は穏やかなホルンで、そこから後、展開部へゆくと思いのほか、なんと、もうひとつ主題がしかも総奏で出てくる。大変な響きだ。こういう変わった形はシューベルトにあったやつか？　また、和声進行の破格ながらの巧みさ、これまでに見たことのない緩急の型破り加減が、新しい音楽に志すヴァーグナーを強く引き止めた。しかも、ところどころ、わざわざ『トリスタンとイゾルデ』の「愛の死」のモティーフやら『ヴァルキューレ』の眠りのモティーフやらが短く引用されている。気に入られようとする配慮だとしてもなかなか巧みで、ヴァーグナーは心くすぐられた。なんだこの男、作品だけ見るとけっこう如才のない奴ではないか。

「おお、これはよいぞ、うん」

とは思わずの言葉である。このときヴァーグナーは本気でこの不思議な新しさを持つ交響曲に惹かれていた。

「ううん、すごい、すごい、けっこう、これはけっこう」

ひとしきり唸《うな》ると、はや恍惚《こうこつ》としたアントンに、

「よいと思う。これは気に入った」と告げて昇天させかけた。

だが、アントンの、どこまでも我欲を忘れない野太い田舎魂は、ここで足りて先を遠慮するということをしなかった。遠慮の演技だけ見せておずおずと、心弱げではあるが、

「あのう、もし、もしお聞きいただけるのでしたら、とは思うのですが、とても申し上げる勇気がありません」と始め、「なんだね」とヴァーグナーが促すと、「いえやはり申し上げていいものかどうか」とまたも躊躇《ためら》い、といって、止めることはな

く、もじもじと言いよどんだ。これに焦れたヴァーグナーが再度先を促したので、

「よろしければ、それが先生の御名を汚すことがないのであれば、ですが、この二曲を、先生に献呈させていただきたいのです」

とうとう告げてしまうと、またも千仞《せんじん》の谷をもうひと跳躍しおおせた、総毛立つような気分が全身に染み透った。

「ふうん」とヴァーグナーは少し考えて言った。

「この作品はお預かりしよう。改めてしかと目を通したい。よく見極めない間は献呈を受けない方針なのだ」

期待以上の反応にアントンは帝王の誠実さを見て、涙が出る思いであった。

時間がそろそろ昼食時にかかっていた。

「では、午後五時に別邸のヴァーンフリート館に来たまえ」

とヴァーグナーは言った。

「それまでにじっくりと見ておくよ」

と、それが面倒がっての追い払いではなく、本気の言葉であることだけはアントンにも知れた。

ともあれ総譜を二冊とも置いて、ヴァーグナー邸を退出したアントンは再び宿に戻り、ここまでさんざん心細る思いであった分を盛大な昼食で埋め合わせた。時間をかけて食い、しかしまだ五時にはかなりな間があったので、バイロイト駅前の広場からあちらこちらとさまよい歩き、そのうちふと思い当たって、帰りがけヴァーグナーに勧められたとおり、建設中のバイロイト祝祭劇場を見学することにした。

朝からの雨は止まないが大降りでもない。バイロイト駅からも見えていた丘の上の目立つ建物がそれとはすぐ知れた。

中央に大三角の屋根が出てその下に半円形の張り出し部があり、さらに左右にも幅広く広がっている。外壁は煉瓦だったが、まだ積んでいる途中の箇所が多い。近寄れば一層、未完成のところがわかる。外からうかがえる内部はどこも木造であった。

「やあこんにちは」と土工や左官たちに挨拶して、

「少し見学させてくださらんか、先生からお勧めいただいて」と告げれば皆快く迎え入れた。目新しい造りと特殊な構造にアントンは目を見張り、子供のようにあれは何これは何と尋ね、職人たちはその好奇心に嘘がないと見て取ると親切に説明してくれた。

舞台とオーケストラピットはほぼ完成していた。後ろほど高くなる客席はすべて舞台に向いており、歌劇場によく見られる馬蹄形のスタイルをとっていない。二階三階で舞台を横から見るという席はなく、貴族・ブルジョワらが社交のために取るボックス席も見あたらない。すべて舞台だけを見、聴くことに集中するための劇場なのだ。そのひとつひとつ吟味し効果を計算し、工夫を凝らした造りにアントンは驚嘆し続けた。

「すんごいですなあ」を連発し、舞台からすぐ後ろ、まだ作りかけの、足場がよくないところをオルガン演奏に慣れた者の身軽さでわたってゆくと、また面白い内部の構造が覗ける。ほお、と身を傾けたところ、やはり足場がよくなかったようだ。あれと思った刹那《せつな》、アントンは後ろ向きに床下へ落ちていた。

運悪く、空になったモルタルの樽《たる》があり、アントンはちょうどその中に背中からはまりこんでしまった。空とはいえ縁にけっこう残っていた白いモルタルが衣服にべったりとついた。

「おやおや」

「おやおや」

と職人たちが半ば笑いながら案じて駆け寄ると、コメディの一場面のように樽の中からアントンが情けなさそうな顔を出した。幸い身を傷めはしなかったものの衣服は台無しである。

「しまった、これはしまった」と慌てていると、折り悪しく、

「ブルックナーさんはおいでではありませんか、先生がお待ちかねです」

と、ヴァーグナーから遣わされた若い召使が、呼びに来た。聞けばもう五時を過ぎているという。何でも熱中するアントンは熱心が過ぎて、時間を忘れてしまっていたのだ。いよいよまずい。

だが、このモルタルまみれのなりではとても先生の前に出られない。宿に戻って着替えをする時間もない。

「なあ皆の衆、どうかこれ、なんとかしてもらえんか。これじゃわしは人前に出られんよ」

と大の男が泣きそうになりながら言うので、しかたないなあ、という顔で周囲にいた左官職人三人が、外へ連れ出してアントンの上着とズボンを水でじゃぶじゃぶ

洗う。こびり着いた箇所はこての先でがりがりとこそげ落とした。モルタルが未だ乾いておらなかったのでいくらかは取れたが、あちこちに不体裁《ぶていさい》な染みが残り、しかしこれ以上は無理と言われて仕方なくそのまま劇場を出た。

よりにもよってかようの身なりで、一崇拝者の分際で遅刻までして、と悔やみつつ、どうにか冷静にもどらんと歩数を数えた。迎えに来た青年のチロル風の綺麗な深緑の仕着せについた襟飾りの数を数えつつ、脚を急がせて馬車に乗り込み、ヴァーンフリート館と呼ばれるそれの門前に着いた。Wahnfried とは、妄想・迷い(Wahn)が安らぎ(Frieden)を見出したところ、という意味をこめ、ヴァーグナーが自邸の名としたものである。

太く四角い二本の門柱の間に真っ直ぐ、並木に縁どられた広い道が通じ、その先に薄茶色の煉瓦積みによるネオ・ルネサンス様式の四角い屋敷が見えた。よく見回せばまだ一部普請中で、正面の装飾も完全でない様子だがその完成後の華麗さは十分窺えた。

ちょうどこの館を見上げる角度が自分のヴァーグナー師への見上げ方と同じであることだ、この建物の高さが定めてヴァーグナー師の真の背丈なのだ、師匠の前ではいつも身を屈めぎみでいたアントンがそんなことを思ったかどうか、何にせよ、使いの後ろから入口前の階段をいちにさんしごろくしちと数えて上がり、青年が扉を引くと、上がったすぐ先が真紅の絨毯である。広々と敷き詰めてあった。踏めば踵が埋まりそうな分厚さである。壁も鮮やかに赤い。正面の扉は黒く重そうで、樫《かし》材《ざい》だろうか。

室内にも未完成のところがあり、それぞれに肖像画かレリーフをはめ込むためのスペースであろう、部屋の四方に飾り枠がある。見上げれば金の蝙蝠が囲む輪のような、きらびやかなシャンデリアが高い位置にあった。そこはホールで、一・二階吹き抜けとなっている。側壁の二階位置に回廊があってホールの周囲を囲んでいた。手すりの曲線的な装飾が繊細である。緋色の壁、白い天井、縁取りが美しく豪華だが、アントンはそうしたところをいちいちは観察していない。ただ、すんごいなあ、とだけ、感想を持った。

玄関ホールには、薄青い衣装の、ヴァーグナーよりやや上背のあるらしい細い女性が立っていた。ヴァーグナーの奥方コジマ夫人であった。

こんな汚い物乞いをどうして通すのか、夫人が召使のアルフレートにそう文句を言おうとしたところ、「ブルックナー氏です」と言われたので驚いた、という話が後々伝えられることとなる。

汚い服のアントンは、

「アントン・ブルックナーであります。お目にかかれて光栄です、奥様」

と跪《ひざまず》き、その手にくちづけた。

すると、奥の部屋からまたもピアノの音が響く。よく聞くまでもなく、先にアントンが献上した交響曲第三番一楽章のテーマで、これが三回ほども繰り返された。

奥方に促され居間へと進むと、ヴァーグナーはアントンを感慨深げに見つめ返した。これについて、後には感激のあまりと語られているところだが、昼会ったときとのあまりの違いに呆れたというのが実際のところである。

こいつ、たった五時間でどうしてこんなに小汚くなっているのだろう？　ヴァーグナーは五秒ばかり考えたが、すぐと近寄り、アントンを抱擁した。

「待ったかいがあったよ、ブルックナー君」

部屋の隅には夥《おびただ》しい楽譜が積み上げられていた。それをさし、ヴァーグナーは言った。

「見たまえよ、この献呈の山を。だが君の傑作は私にとって真に光栄だ」

五時間前と異なり、ヴァーグナーはアントンを友人として遇していた。といって彼の忠犬的立ち位置が変更されたわけではない。かほどの才能の者が望んで自分についてくる――そのことが己の偉大さをさらに世に知らしめるこの上ない材料になると思われたに過ぎない。

ヴァーグナーは自らの歌劇をドラマ芸術と呼び、従来の、歌手や劇場の都合主体の安オペラと区別せんとしていた。それはすなわち我こそが歌劇の世界の王であり、他の作者のものはいずれも自分に及ばないという自負のあらわれであった。もし仮にアントンがオペラ作家として歌劇作品を持参してきておれば、いかほど優れたものと感じてもヴァーグナーは認めず、むしろそれが優れていればいるほど警戒し相手を否定したかも知れない。だが、一、二曲は自分も試みたことがあるものの、早くに手を引いてしまった交響曲の分野で、自分好みの新しい音作りの天才的な作品を書く作者が見つかり、しかもその天才的作曲家が自分に絶対的な帰依《きえ》を示している。これは、ヴァーグナーに大変な満足を与えもした。

「わたしはドラマ芸術で、君は交響曲で、ともに第一人者である」と後々もヴァーグナーはアントンを同朋《どうほう》と呼んだ。

アントンを前にしてのヴァーグナーの話は、ヴィーンの音楽界と宮廷歌劇場への批判が多くを占めた。自作が上演されたさい、大幅なカットが行われたことをヴァーグナーは許せなかったのである。アントンは、自分の長らくの有難い支持者であり、楽長及び宮廷歌劇場総監督を務めるヨハン・ヘルベックの弁護だけは必死で続けたが、受け入れられなかった。また、作曲家として現在ヴィーンで最も尊敬されるブラームスへの否定的意見にはどう対応して良いやら、わからなかった。音楽批評家ハンスリックへの激しい非難についても同様である。初老ながら楽壇には未だ新人のアントンがヴィーン音楽界の複雑至極な人間関係を読み取るには少々早すぎた。

改めてコジマ夫人に紹介された。リストの娘で、かつては指揮者ハンス・フォン・ビューローの妻であり、後にヴァーグナーのもとへ走った――それによりヴァーグナーとフォン・ビューローとの関係が決裂した――といった事情を聞いて想像されるような奔放さからは遠い、物静かで内気そうな女性であった。

「食堂へ」と言われて別室へゆき、卓に着くと、「祝おうではないか」と、ヴァーグナーは、召使にビール樽ひとつをまるごと持ってこさせ、並べられたフランケン地方風のソーセージ、温野菜の数々とともに、盛んにアントンにビールを勧める。そこへたまたま別室で夫人の胸像を制作中だった彫刻家グスタフ・アドルフ・キーツを交え、酒宴は始まった。

アントンは『ローエングリン』上演のさいのヴィーンの人々による賞賛のありさまについて語ろうとしたが、ヴァーグナーからは、

「まあ、そんなことはどうでもいいよ。わたしにはわかっている。騎士と一緒に白鳥がやってくる、それが新しい趣向だ、というんだろう？　それより君、飲み給え、この『ヴァイエンシュテファン』というのは素晴らしいビールだ」

と大ジョッキの乾杯で遮《さえぎ》られた。そして、ここでまたヴァーグナーによるヴィーン楽壇への悪口がより激しく繰り返された。

「あそこの批評家たちときたら、役人より前例主義だ。新しいものは舞台の小道具しか認めたがらない。昔の思い出以外は好きじゃないんだろう。今が貧しすぎるから。それで、音楽の新しさというものまでも奴らはすべて憎んでいてだ、いつもいつも昔ながらの音作りのブラームスさんだけは最高、とよ。鰯《いわし》の頭でも拝んでろっ

てとこだね」と、酔うにつれヴァーグナーはだんだん口汚くなっていった。

アントンは上機嫌なヴァーグナーの勧めを断るわけにはゆかなかった。しかも樽一つ分空けられたのでは、相当の酒豪であるアントンもただざまにはおれなかった。これまでの生涯で最高に、と言って良いほど幸せな気分であったことも酔いを深めさせた。

翌朝、宿の一室に目醒めたアントンは、まず昨日、信じられぬ大名誉に恵まれたことを思い返した。世界一の大ヴァーグナー師から、君は友人であるとまで言われたのだ。あの音楽の帝王からそこまで請け合われたのであれば、いかに少なく見積もろうとて自分が芸術家として一流ならざるはない。そうに決まった。証拠に、自分の交響曲がヴァーグナーに献呈を許された。これを自分は以後、ヴァーグナー交響曲と呼ぼう。引き続き上機嫌に浸ろうとしたそのとき、アントンは該当の交響曲がいずれであるか、記憶していない自分に気づいた。酔いのせいであった。

ハ短調のほうであったか、ニ短調のほうだったか。どうもニ短調であった気はする。だがもし間違えておったなら。あの大偉人に選んでもらったものを間違えてしまったとしたら、自分は折角与えられた金の権威に泥を塗ってしまうことになる。

叱られる、破門される。

アントンは学校の窓ガラスを割ってしまった子供のようにうろたえた。どうしよう、どうしたらいいのだ、このままでは破滅だ、死んで詫びねばならない。死のう。

脳内が沸騰し始めたアントンの、気の小ささはこの齢になっても年少時のままであった。現状をどうにかしたい意思のまま自分をぼこぼこと殴り、数を数え、それだけで足りず、舞々《まいまい》と同じところを巡り、部屋を徘徊《はいかい》する。困った、どうしよう、の語を三回と二回の組み合わせで繰り返し発した。

だが埒《らち》はあかぬまま、ややあって朝食に一階へ下り、食堂で見かけたのが昨夜ビールをともにした彫刻家キーツであった。彼もこの宿に泊まっていたのだ。慌てて尋ねるアントンに、昨夜は途中で仕事へ戻ったゆえ、さほど集中して聞いていたわけでないという彼から、確かとは言いかねるものの、献呈したのは三番ニ短調であったらしいことを告げられようやく人心地を得た。だが本当に三番か。間違ってはおるまいか。

ここでもし「先生のお選びくださったのはどちらでしょうか」などと直に訊けば

己の尊敬の念さえ疑われる。さような仕儀では首でも吊らねばなるまい。

思い困じるアントンにふと、ノアの方舟《はこぶね》の天窓へオリーブの葉を咥《くわ》え来たる白い鳩のごとく、ある考えが降りた。そうだ、いずれかわからないからお教えくださ い、ではなく、こちらなのはしかとわかっておりまするが、確かに献呈をお受け入れくださいますね、とお尋ね直せばよいのだ。そうしよう、そうしよう。

アントンは部屋に戻るとホテル専用の青い便箋に、

「トランペットの主題で始まるニ短調の方ですね？　A・ブルックナー」

と書いて、ボーイに預け、これをダムアレーにお住まいのリヒアルト・ヴァーグナー氏に届けてくれたまえ、と言ってチップを渡した。

午後に便箋はそのまま戻り、そこにはヴァーグナーの書き込みで、

「さよう。敬具　R・ヴァーグナー」

とあり、これでようやくアントンの不安は根こそぎ解消した。

このときの「トランペットの主題で始まる方ですね」というわざわざの手紙がまるで子供のお使いの念押しのように見えたので、ヴァーグナーはさかんに可笑《おか》しがり、妻コジマに「このトランペット君が」と言い、コジマもその後、本人のいない

所では「あのトランペットさんが」と呼ぶ習いとなった。たまたま初めて聞いた友人知人がいぶかしがると、ヴァーグナーは、その呼び名の由来とともに交響曲第三番献呈のさいのアントン・ブルックナーその人のモルタルまみれのみすぼらしい服装と、小心で卑屈でどたばたした振る舞いとを面白おかしく語った。決して本人には伝えられることはなかったし、ヴァーグナーもアントンの作品の価値は最後まで認めていたけれども、その作者がきわめて幼稚で滑稽な人物であることは常に笑い話の種とされた。

5

年が改まって、一月末の三日間は館内整理が続いた。司書は知的な仕事と思われているかも知れないけれど、八割は肉体労働だ。この時期は特に、重い本を十冊以上も片手で持って、何十連とある書架にさしていくので、何時間も続くとかなりきつい。高い所より低いところにしゃがんで入れるのが、もっときつい。おかげでこの三日間はなにもできず、帰ったらすぐ風呂に入って寝て、の繰り返しだった。

ようやく整理が終わった二月初めの休日、ネット上に見つけたのが東京日本交響楽団の定期公演で、シェーンベルクの管弦楽のための変奏曲とブルックナーの交響曲第九番が演奏されると知った。指揮は大河原郁次郎《おおかわらいくじろう》。ブルックナーに関しては国際的な大家で、東日響を指揮して全交響曲を録音している。

当日券が僅かにあるそうなので、夕方、会場の東京文化会館の売り場に並んでいたら、タケ、ユキ、ポンの三人がやってきた。今回も席は全員別々だけど、またしてもブルックナー団とわたし、集結だ。

さすが東日響団員に信頼されている大河原の指揮はよかった。こういうとき日本のオーケストラでは出がちなホルンの失敗もなかったし、わたしの好きなスケルツォのところもいい速さだった。ここをあんまり遅くされると、大きく跳躍すべき心が飛び立たない。一楽章で世界の創造と崩壊、みたいな巨大な荘厳さに震撼《しんかん》したあと、ここでは勢いを込めて激しく攻撃的に突き進む、みたいなのがわたしは好きだ。あまり聞く機会のない前半のシェーンベルクも、よくわかったとは言えないけれど、いいんじゃないかな。ただ取れた席からはステージが見づらいのが残念だった。

終演後、三人を探すと、やっぱり揃って話していた。

わたしに気付くと、

「あ、姫」といきなりタケが言った。

「姫？　誰それ」

「これから姫って呼んでみようかと思って」

「やめて。それ、オタサーの姫ってことでしょ、わたしあんたたちのサークルのメンバーじゃないから」

わたしは一気に不機嫌になった。

オタサーはオタクサークル、オタクたちがやっているマニアックなサークルのことで、そこにたまたま一人だけ女性が入ってくると、やたらもてはやされて「オタサーの姫」と呼ばれる。そしていい気になってオタクたちを従えている、という、本当かどうかわからない想像的場面がウェブ上ではよく語られていた。わたしはそれを見るたび、あああ、本当にオタクってどうしようもないなと思うのだった。

「でも」とまだ未練がましいタケに、さっきの二倍厳しい声で告げた。

「いいからやめて。この間のさ、『嫁帖』とかいうのもそうだけど、君たち、どんだけモテないか知らないけど、もうそういうクズなふるまい、やめようよ」

毅然として言うと、タケはじめ三人は、ちょっと態度を改めて頭を下げた。

「すんません」

「よろしい」

わたしもこんなに荒ぶってみせたかったわけではないので、緩い姿勢に戻る。すると、

「行きませんか」

「オッケー」

となって、この日は上野近くのマクドナルドの二階へ。

三人が三人とも、またPCを開き始めたけれど、もうそれはわかっているから無視して、

「武田くん、こないだの『ブルックナー伝（未完）』、よかったよ、面白い」

と、まず、さっきのきつい言い方の埋め合わせのつもりで、わざと大げさに褒め称えた。

「あれ俺のブル活です」

タケは相変わらずもったりした発音だが、その口許が左右とも力を帯びて横に伸び

ているあたりに少しばかり誇らしげな気配が見える。なのにやや俯き加減なのは、はにかみの表れか。

「ブル活？　なにそれ」

「『ブルックナー普及活動』の略」

「はあ」

「少しでもブルックナーファン増やすためにやってます」

ポン以上にタケも表情は乏しいが、それでもいつもとはちょっと違うぞ、これは俺の使命なのだ、といった空気を漂わせている。

でも、あのイケてないとこ大強調の伝記で果たしてファンは増えるのだろうか。

「二人も何か『ブル活』してるの？」

と、ＰＣから目を離さないユキとポンに尋ねてみると、ユキがまず顔をあげた。

「自分、ＣＧデザイナーで、ゲームクリエイターとよく仕事すんで、そのときいつもブルックナーの交響曲を音楽のねた元に提供するでぽ。それパクったブルックナー風の音楽がゲームに使われてると、そのうちみんな耳がブルックナーに慣れてくるの、ねらってるぽ。これが、自分の『ブル活』ぽ」

おお、そんな仕事あるんだ、と感心したが、でもブルックナー原典でなく、パクリ音楽で広めるっていうのは正直どうなのか？

「でもときどき、悪プロデューサーがいて、ブル風音楽んとこ全差し替えとかするぽ」

と腹立たしそうである。

「えー、なんで？」

「この世界には、ブルックナーのアンチがあちこちにいるんだぽ。それがまたけっこう偉い奴だったりして厄介ぽ」

言いながらユキはぷくぷくした手でＰＣをこちらに向けた。アマゾンのサイトだった。

「こいつとか。音楽評論家だぽ。今月出た『みんなのクラシック読本』っていう入門書に、『ブルックナーの交響曲は一部のマニア向けで、お勧めしない。そもそもこの作曲家はベートーヴェンやブラームスのように作曲で生活できた本物のアーティストではなく、最後まで勤め人としてしか暮らせなかったアマチュア作曲家である。その作品も独りよがりすぎて正統な交響曲と言うには破格すぎる。実際に聞いてみるとあまりに退屈なので私は認めない』とか、そういうこと、平気で書くんだぽ。こいつは音楽誌でレビューとかもやってっけど、いつもブル下げばっかでぽ。ブラームスの足元にも及ばないとか。批評家のくせに、今時、ブルックナー無視なんて音楽史わかってんのか、って言いたいぽよ」

ユキは背を伸ばし顎を引いていた。こうすると案外よく通る声だ。

「啓蒙書のはずなのに本人の好き嫌いばっか書いてる本、あるよね、そういうのって、だいたい、バッハ、モーツァルト、ベートーヴェンは神、シューベルト最高、ブラームス最高、そいでブルックナー？　はぁ？　なにそれ無視、とか。で、インテリが好みそうなマーラーあたりはしぶしぶ認めるんだよ」とポン。少し手許に力、拳握りつつ。

「未だに生き残ってんのな、六〇年代以前の教養主義みたいなの」とタケ。表情に変化はないが声はこれまでよりやや大きめで、それなりに憤慨している様子である。

そういえばわたしも、「ブルックナーが好き」って言うと、「ああ、あの（笑）」っていう対応を、音楽好きの知り合いにされたことがある。

「やだなあ。勤め人だとなんでいけないの？　サラリーマン差別じゃないの」と言う

べき相手もいないのに文句を言うと、

「こいつらハンスリック団だから」とポンの手許に力が増した。

いつもいつもブルックナーを批判していた悪の批評家エドゥアルト・ハンスリック。そういえばブルックナー団HPにあった資格認定テストにも「エドゥアルト・ハンスリックを一生の敵と考えている」という項目があった。

「でもそのアンチ・ブルックナーの人たちって、君たちみたいに団結してるわけじゃないんだよね？」と訊いてみると、

「もちろんだ。でも奴らは決まって権威主義者なんで、ブルックナーの音楽みたいなのは所詮主流じゃないし、勢力の弱い少数者の好みだからさんざん見下していいと思ってるわけ。だからあいつもこいつも同時多発で嫌なこと言ってくるね。そういう敵全体をわれわれはハンスリック団と呼んでる。どうです、憎いでしょう？」とポンが両拳を振る。

「うん。嫌」と答えて、そのとき、ならばあれは、紛れもなくハンスリック団の仕業、というのをひとつ思い出してしまった。

『チューブ・テイルズ』というイギリスのオムニバス映画がある。ロンドンの地下鉄

を舞台にするという条件で、確か九人くらいの監督に作らせた短篇映画の競作集なのだが、その六番目に、ブルックナーの九番の三楽章の初めのところの音がそのまま使われていた。

九番三楽章は、危機をはらんだような短九度の大きな跳躍で始まる。そしてちょっと不安げな音調でだんだんと進んでゆくと音が大きくなって、たー、たたた、という金管楽器全開の頂点がくる。それが三回繰り返されてから、少しおいてさらにもう四回、同じ音型が来る。使われたのはここまでだ。

最初、地下鉄の車内に、なんだか愁《うれ》いを含んだような表情のいい女が乗ってくる。周りにいる男の客たちが、お、この女、なんか微妙な表情でこっち見てんな、俺に気があんのかな、もし誘ってきたりしたらなあ、自分ならこんなことあんなこと、などといろいろ妄想する場面が続く。それとともに音楽が進み、たー、たたた、のところに合わせて、女は周りの客に向け、いきなり、どばっと嘔吐するのだった。愁いに見えたのはただ気分が悪かったからだった。合計七回嘔吐した後「あらごめんなさい」といった顔で女はするっと降りてゆく。それだけの映画。

大笑いしたが、でも許せない。あの崇高な曲をこう使うかよ。あの監督こそ世界最凶悪なハンスリック団幹部だったにちがいない。

ハンスリック団の非道さに怒るうち、わたしたちのテーブル周辺の空気がちょっとだけ熱を帯びてきた。ユキが体をぐねぐねしながら「うん、ぅう」と唸り始めている。

「うん、憎いなあ」

「音楽だけじゃなくて、ブルックナーって人そのものがさあ……」とタケが棒読み風なのに力の入った変な口調で語り始めた。

「見かけも態度もかっこ悪い、鈍臭いもんだから、周りはみんな馬鹿にして笑ってたっていうしね」

「ふーん、なんかそれ、もういじめみたい」

わたしが呟《つぶや》くとポンが何か言おうとして口ごもる。いつにも増して両肩が上がっていた。タケとユキが、これまでと違う、あ、という顔になる。

さっきまでの熱は一気に去って、何か危なげな感じが漂ってきた。

心はほんのちょっとしたことで暗い谷に入る。そういうとき、傍《はた》からあれこれ言うのが一番いけないことをわたしは知っている。三人、しばらく宙を見上げながら休止をとった。そういえば、ブルックナーの交響曲はある主題から次の主題に移るとき、こんな休止が入るのだった。

少しして、ポンが、ぽつり、と口にした。

「いじめ、ってさ、そういう言い方絶対やめて欲しいんだよね」

見た通りの冴えないポンである。きっと小中高等学校ではいじめられてきたのだろう。

「いじめられたって、親に言えないんだよ。屈辱でさ。かわいそう、って憐れまれる方が、殴られたり教科書隠されたりするのより惨《みじ》めで厭だからさ」

自分はいじめられてます、と人に言うのが何より嫌だという話はよく聞く。そのせいで発見が遅れたり、いじめる側から有耶無耶《うやむや》にされてしまったりすることも多いらしい。

「それはね、『いじめ』っていう、なんか子供のたわいない遊びみたいで軽くて幼稚な、みっともない表現にまず問題があるのでさ、そうするといじめられた側がこんなこと気にするのかっこ悪いと思うし、みっともないから自分から言いたくないわけでしょ、被害者の誇りが問題なんだよ。だからさあ、『学内悪質暴力』とか『組織的人権侵害』とかね、いかにも犯罪らしい表現にすべきだと思うんだ。そうすれば、加害者が絶対悪人ってことになるから、僕、学内悪質暴力の被害者です、って堂々と主張、いやなかなか難しいけど、でもできる奴はすると思う。『いじめ』なんて言ってるといつまでも、やられた側が自分の方が悪かった、みじめだった、隠したいって、汚点みたいに思わされてしまう」

沈みつつ言い終えてポンは一息ついた。この前のようなきんきんした言い方ではなかった。

「あ、そうか。ごめん。考えたことなかった。賢いね、やっぱ君」とわたし。

「いいや。今まで、学校でも職場でも実現したことないよ僕の意見。僕、学習塾で教えてんだけど、生徒がときどき学校のことで相談にくる。大抵いじめ、学内暴力のことだ。でも学校の教師じゃないから相談して慰めるだけなんだ。といってもね、正式に教師やってたらもっと無力だってはっきりわかる。僕は慰め役がせいぜいなんだ」

ここで見え透いた「そんなことないよ」などと気休めも言う気になれない。ポンはいよいよ無表情で重い口調になった。

「学校でいじめられる子って、ちょっとだけ空気読めない、とか、なんとなく見かけが鈍臭そうとかそういうのが多いんだよ。クラスでみんなからこいつは恰好いいとか頭いいとか、スポーツできるとかね、容姿いいとか思われてる子は、そういう恰好悪そうな子をいろいろいじって面白がるんだ。そのやり方がさ」

一呼吸おいて、

「ハンスリック団なわけさ」

ここでタケが、

「一概に言えないのはやまやまなんですけど……」

と相変わらず間延びした口調で話し始めた。その緊張感の途切れからか、ふと気が逸《そ》れて、窓の外に眼が行くと、暗い空に薄雲がかかって見えた。

「うまくいってる人たちって、マイナーな人間のこと、まるでわかってない。そういうとこがハンスリック団的だなって思うんだ。この間、ブラック企業に勤めてて自殺した人についてのウェブ・コメントで、『そんな会社なんて、すぐやめればいいだけじゃん、それで入れる会社がないっていうなら自分で作ればいいし。自殺は馬鹿のすることですよ』って有名な起業家が自信満々に言ってましたね。成功者は何だって言えますよね。現場じゃそんなこととても言えないし、何もできなくされるんだよ。俺はブラック企業でバイトの経験があるからわかる。さいわいどうにか逃げられたけど、あれ、ものすごく腹たって、ネットに匿名で悪口連続書き込みしちゃいました」

「ちっとも有効な攻撃になってないね」

「そうなんです。俺たち力ねぇー」

と、ともに肩をおとす三人だ。

「力ね。金ね。それと容姿ね。よくコンサートホールで見かける元首相のイケメン息子とかって、もう自分らと遺伝子から違ってそうでぽ」

「言うなよお、人間もとはおんなじだろ」とタケ。本日一番情けなさそうな声である。

「説得力ないーぽ」

「やめようよ」とポン。そして、

「こんな調子ですよ。僕たち」

と、これまで聞いたことのない投げやりな口調で言うと、しばらく黙っていたが、その後少し背を伸ばして続けた。

「でもブルックナーについて話してるときだけはね、他の場みたいに『どうせ僕なんか』って気にもならずにもの言えるわけ。何でかな、ブルックナーは僕たちの隠れ家って気がすんのかな」

隠れ家かあ。そういう考えはこれまでなかった。

ユキもタケも深々と頷いた。が、タケの方はまだ何か思案する顔になったかと思うといきなり、

「でもやっぱ悔しいっす、あの、」

ポンと違って依然、緊張感はないのだが、口許だけはまたもぐりぐりに力が入って、

「戸郷外満《とごうそとみつ》っ」といきなり名を告げた。

「アーティストの?」

するといきなり、

「あ、あ、あいつ、死ねばいいのにぼ! ぼ! ぼ!」と大興奮のユキは言葉が追いつかない様子である。

「奴は。玉川たちが描いてた絵。勝手に使って。戸郷が自作に」

と、タケが引き取ったものの、やはり興奮してわかりにくい。

が、どうやらこういうことらしい。戸郷外満は今、「オタクアートをパロディ化した前衛芸術作品」の作者として、世界的に知られている。

戸郷は有名な大学教授の息子で、美大を卒業後しばらくの間発表していた作品は全然注目されなかった。だがあるときから、アイドル画や「萌え絵」と言われるようなアニメ風の絵をアレンジして「サブカルニッポン」という題で海外へ発表し始めると、「世界のアートシーンにこれまでなかった作品」と言われて高く評価されるようになった。

けれども評価された作品というのは、ネット上に公開されている萌え絵をコラージュしただけのもので、素材は全部、無名のオタクたちの作品なのだ。そこにはユキがネット上に公開していた絵も含まれていた。それを勝手にコピーし、それぞれのスケールをわざと不揃いに寄せあわせて自分の「ファインアート作品」として発表した。戸郷は、「自分は稚拙でエロスに満ちたサブカル世界の愚かな狂気をすくい取って世界に示している」と言い、そこが批評性であると主張した。

萌え絵コラージュならたわいない遊びとして戸郷以前からやっている者はいた。だが、それをシリアスな「作品」として美術界に売り込むことができたのは、戸郷がもともとアカデミズムの一員で、親父の後ろ盾があるからだ、というその点をタケは最も怒っていた。自分が高級アートの世界に出入りできるのをよいことに、低級とされる世界からそれまでの美術界には知られてない珍しいものを盗んできて全部自分の手柄にしているだけなのだ、と。

「奴は抗議に対して『法的にはクリアーされてます』と答えてた。すごくたるそうに。貧乏人たちが訴訟起こしたって、弁護団ついてる俺に勝てるわけないし、駄目な奴は何やっても駄目だねって言わんばかりの、その馬鹿にする眼が、……」

「ハンスリック団的、なわけね」

聞いているうち、わたしにも、同じ質の悔しさが思い出されてきた。英文科の学生の頃、ある教授にサマーフィールドが好きなんです、と言ったら、「いいけど。研究するならもっと評価の定まった文学にしたらどうだね」と言われた。この間図書館に来てたじじいだって、「小説なんてくだらんものはやめて経済を学びたまえ」と、そういうふうに自分は主流側、お前ら「無駄・無価値」って一方的に軽蔑する奴ら、みんなハンスリック団精神の持ち主じゃないのか。

さんざん罵《ののし》り終えると三人はもう黙っている。わたしもまた、思いもよらず手渡された重い荷物を持て余しているような気分だった。

6

ブルックナー伝（未完）

【第三章】ハンスリック、我が永遠の敵

「作曲の偉い人」ヴァーグナーとの初めての対面と同時期、アントンはさらに、エドゥアルト・ハンスリックという「批評の偉い人」をも知った。一八六五年六月、リンツで開催された合唱音楽祭の終演後、団員とともに立ち寄ったクラブでのことであった。

広い額、顎鬚がなく、口髭だけを水平に伸ばした細面、細身で小柄で、太く濃い眉とその下の厳しい眼つきが印象深かった。

ヴィーンで「新自由新聞」の音楽評を書いておられる批評家の方です、と合唱団

員の一人トーマス・ベヒシュタインに紹介され、

「ほお『新自由新聞』で」と感服して言えば、眼の鋭い人が、

「ええ。演奏会についてはよく評価を報告します」

と答えたので、アントンは、これは十分な敬意を示しておかねばなるまいと思い定め、改めて大きく敬礼をした。ヴィーンで最も権威ある音楽評のひとつが「新自由新聞」のコラムであることはアントンにも、鳥は飛び魚は泳ぐ、と同じほどよく承知である。

「大したものですなあ」とアントンが幾度も言うに向け、ハンスリックは、

「いいえ、わたしは自身が大したものとは一度も思ったことがありません。音楽の真のあるべき姿をより多くの人に知ってもらうため書いています。わたしのことより今、音楽の進むべき道の見極めが何より大切だ」

と、以下その深遠な理念を語ったが、アントンには、その人の伝えんとした意見がほとんど記憶に残っていない。

ベヒシュタインらとともにビールで乾杯し、その後は合唱祭での演奏に関する自由な感想の披露となった。するとたまたま、ハンスリック氏としては認めがたい作

品の話になり、そうした「進むべきでない方向の作品とその作者」があまりに勢力を増してくるなら、批評家の義務を果たさねばならない、と氏は強く言った。そして、自分には認めるべき方向性と認めるべきでない方向性がはっきり見えている、劣悪な方向性からドイツ・オーストリアの音楽を救うのが我が使命である、と繰り返し、ややアルコールが入っていたせいか、ハンスリックは、

「なに、ヴィーンで心得違いをしている音楽家は生き残れませんよ。わたしがそうさせない。わたしが破滅させようとした人間は必ず破滅するだろうからね」

と言い放った。

アントンは尊敬より恐怖を感じ、この人には何があっても逆らってはならないと決めた。

幸い、合唱祭で上演されたアントンの作品とその演奏についてハンスリックはなかなか好意的に評してくれたので、いよいよご機嫌をとらねばとの思いから、

「明日、あなたのためにオルガンを演奏したいのですが、いかがでございましょう」と尋ねると、「いいですね、楽しみにまいります」という答えを貰《もら》えた。

「偉いさん」にはひたすら形式ばった敬意の表し方しかできないアントンだった

が、といってそれが相手を魅了するものでないことも知っていた。一方、さんざん低頭しても一向に振り向いてくれない相手が、自分のオルガン演奏を聴いた途端、態度を変えるという経験がたびたびあった。そのため、決定的に重要な人物に取り入ろうとするなら、オルガンを弾いて聴かせる、という手続きがこの頃のアントンには確立していたのである。

翌日、ハンスリックを聖フローリアンの聖堂に招いて、持てる技巧の限りを尽くし存分に即興演奏を聴かせると、批評家は大変に満足したらしく、

「君、ヴィーンに来るべきだよ。こんな大変な才能の持ち主がリンツにいたとは初めて知った。ありがとう、ブルックナー君」

と大いに励まし、後日、サイン入りの記念写真まで送ってくれた。

その後、一八六八年にリンツで、交響曲第一番をアントン自身の指揮によって初演したさいも、急ごしらえのオーケストラによる演奏自体は全く不満であったにもかかわらず、ハンスリックは「新自由新聞」に、「リンツに新たな交響曲作家が誕生した。大いに期待しよう」といった趣旨の論評を記した。ただしそれはハンスリックが実際に一番を聴いてのことではなく、初演の件を伝聞で知り、初めて交響曲

に挑んだオルガン演奏家の志を讃《たた》えるというものであった。

また、アントンのヴィーン移住を叶えさせた六八年の音楽院教授就任決定の機にも、ハンスリックからの推薦があったと聞いた。

ミサ曲第三番についての、実際の演奏に立ち会っての評でもハンスリックは、ベートーヴェンとヴァーグナーからの強い影響を指摘しながら、優れた対位法技術と感動的で独特な美しさを賞賛し、「この作品は教会だけでなく演奏会場でも上演され、もっと多くの聴衆に知られるべきである」とまで書いてくれた。

ハンスリックは著書『音楽美論』で認められ、一八五六年にヴィーン大学講師となり、六一年に音楽史・音楽美学の助教授に就任、次の著作『ヴィーンにおける演奏会制度の歴史』を六九年に上梓し、この功績により七〇年に正教授となった。とともに、「新自由新聞」の音楽評によりヴィーン音楽界の御意見番と見なされている。

アントンとしては大変強い味方を得た気がしていたのだ。

だが、一八七三年、ヴァーグナーのもとへ赴き見事交響曲第三番の献呈を受け入れられ、すぐ後に勢いのままヴィーンでヴァーグナー協会の会員となったアントンは、唯我独尊のヴァーグナーがハンスリックをことさら悪く言う言葉を聞いてはいたけれども、ハンスリックの方もヴァーグナーの音楽思想に激しく対立し、ヴァーグナーに賛同し礼賛する音楽家一切を敵視していることにまでは考えが及ばなかった。地位と権威にだけ注目していて、個々人の意図と関係性を読めなかったのだ。

その後アントンがヴィーン大学にたびたび講師就任の申請をしたおり、同大学教授であったハンスリックはその都度これを却下させた。アントンは執念深く働きかけを続け、一八七五年、遂に同大の無給講師として採用されたが、それはすなわち、ハンスリックの意向を踏みつけにすることを意味した。以後ハンスリックはアントンへの批判を一層強めてゆく。

アントンが自らヴァーグナー交響曲と呼んだ交響曲第三番の初演以来、この上ない酷評で激しく彼の横面を叩き続けたのもハンスリックとその後輩批評家たちであった。

後になるほど、アントンはハンスリックを恐れ、ハンスリックの勢力の及ぶ場を避けた。

気弱で権威主義、ひとたび「偉い人」と認めた相手には決して逆らうことのできないアントンであれば、いかほど無下にされてもハンスリックに盾突くことは一切なく、否定されるたび、より一層へりくだる態度を示し、得られもしない好意をただ乞うばかりであった。

こうした事実から、随分と後に現れる、ブルックナーの音楽を心より愛する人々は、この狷介狭量《けんかいきょうりょう》な批評家をブルックナーの永遠の敵と呼ぶのである。

わたしがブルックナーを聴くようになったのは、好きだった人から教えられたからだ。わたしが高二、彼は大学三年生で、当時はものすごく大人に見えた。

トミ先輩というその先輩がクラシック好きで、マーラー、ヴァーグナーと一緒に「これ、いいよ」と言って貸してくれたCDがブルックナーの四番だった。一楽章のところでなんだかゴジラ出そうな曲だなあ、と思ったのを憶えている。

何度かコンサートにも連れて行ってもらったけど、ブルックナーがプログラムにあったのは一回だけだ。これも四番。エルヴィン・ディーン指揮バンベルク交響楽団。でもこのコンサートはどっちかというと前半の、イルマ・アルバーニのピアノで聴くシューマンのピアノ協奏曲のほうがメインみたいなものだった。あと一緒に行ったのはチャイコフスキーとマーラーとシベリウス。ブルックナーのときも、コンサートの後はどこか連れてってくれるかなあ、としか考えていなかったし、聴衆がどうだったかなんて憶えていない。そうですよ、わたし典型的な「よくわかんないけど誘われてブルックナー聴いてた女」ですよ。だからブルオタの世界なんて知らなかったし、それにトミ先輩がブルオタだったとは言えない。

半年くらいつきあって、その後、あっさりふられたのだが、どうしてか、ブルックナーの方は残った。彼と引き換えじゃ全然なんにも全くちっとも割に合わないのに。その後も何人か、少しつきあった男性はいるが、トミ先輩ほど好きになれた人は今のところいない。

あのころは、会って二人で話すのが嬉しいというだけだった。クラシック音楽のこと、哲学や文学のこと、それと数学。トミ先輩は数学科だったから。

「交響曲の作曲ってのはね、音の法則を使ってひとつの宇宙を創り出すことなんだ」

そんな、西洋の神秘思想や哲理の少し入った、でもなんとなく数学的法則性を感じさせる言葉が、理系に疎いせいでかえって憧れる文系バリバリのわたしにはど真ん中だった。憧れ。理想。抽象。音楽という技でこの世界を超える。緻密に計算された音のアラベスク。

もう会うこともないだろうけれど、あのときの心の顫《ふる》えに嘘はない。

ブルックナー団の三人と別れて後、そんなことを思い出したらやたらに気分が沈んで、少しだけアルコールを入れて横になった。すぐ眠りに落ちたが、寝苦しくて数時間で目醒めてしまった。朝五時だった。今からもう一度は寝入れそうにない。天気が良さそうなのでいくらか溜まっていた洗濯物を洗うことにした。

洗濯機が動いている間はアマゾンの洋書のレビューを見ることが多い。今回もそうしていると、ちょっと気になる本が見つかった。

ロベルト・エーベルシュタインという、オーストリア出身で現在はアメリカ在住、英語とドイツ語で小説とエッセイを発表している作家がいて、最近、『The Shadowpictures in Vienna』という小説集を出した。これは英語版だ。日本語の翻訳はまだない。版元の紹介によると、世紀末頃からオーストリア＝ハンガリー帝国が終わるまでのヴィーンの芸術家や文化人をそれぞれ主人公にした短篇を三十篇収録した本で、各エピソードがあちこちで関連しているらしい。

これを読めばブルックナーのいた時代と場所の空気がわかりそうな気がする。今まではあんまり考えたことがなかったけれども、タケの「ブルックナー伝（未完）」を読んで、世紀末ヴィーンの文化には少し興味がわいた。注文してみようかな。ペーパーバックがあるからそんなに高価でもない。

7

館内整理から二週間後、職員全員出席の会議の席で、館長から通達があった。

「最近、他館との比較貸出率が大きく下がっているので、利用者希望の書籍を三割多く購入することにしました。それで……」

ちょっと言いにくそうにした館長は、こう続けた。

「これまで代々木さんに頼んでいた選書の部分を、それに当てることにします」

衝撃だった。選書というのは新たな購入書の決定のことで、普通は正規職員がやる。けれど、わたしは多少英文学に詳しいということで、英語の翻訳書担当を一部任されていたのだった。といっても半年に二十冊程度だけど。でもそのおかげでわたしが以前翻訳したかったジュリエット・サマーフィールドの小説とかマリー・リタ・スモールヴァレーの文学評論とかそういうのを入れることができていたのだ。

もともと非正規のアルバイトに選書のような重要な仕事を頼むのはイレギュラーなことなのだけれども、図書館はどこも内々の判断で運営していたりするので、これまで問題はなかった。何よりそれはわたしの唯一のやりがいでもあった。新しく入ったぴちぴちの現代英米文学作家の新作を、賢い女子高生とか女子大生とかに紹介するのがわたしの生きがいだったのに。

館長の言う貸出率というのは、その図書館で貸し出された冊数を、その館のカバーする地域の人口で割ったものを言う。そんなのただの統計で、借りる人が多かろうが少なかろうが、図書館の役割はその地域の知的情報蓄積所・発信所であればいいのだ。というようにいくらでも批判はできるのだが、これが数値として一番わかりやすいという理由で役所は予算を組むときの根拠にしている。毎年、この貸出率の多い少ないの比較で、区立の各館への予算配分が決まってしまうのだ。

現在、図書館の利用者の大半は、「今よく売れてる本をタダで読みたい」という人たちだ。そうすると、より貸出冊数を多くするためには、ベストセラー本を何十冊も購入することになる。それで本当に貴重な、すぐ絶版になって読めなくなりそうな名著を入れる余裕がなくなってしまう。特に最近は翻訳ものが読まれなくなっていて、それではいけないと思うからいろいろ懸命にレファレンスに励んでいたのに、このままでは半年後に古本屋の百円コーナーに並ぶ種類の本ばかりに購入予算を使わなければならなくなるのだ。

「残念ですがこの流れは止められません」

そう言う館長も望んでいないのはわかるが、わたしは号泣したかった。

帰ってから、この仕事も、このまま続けても正規職員にはなれそうもないし、そろそろ、次を考えないとなあ、とさらにへこみつつ、現実逃避を始めることにした。この日は思い切りでかい音で、ブルックナーの交響曲第八番を聴いた。ギュンター・ヴァント指揮北ドイツ放送交響楽団。ほんとうにブルックナーの交響曲を聴いてる間は何も考えずにいられる。浸りきっていたら、いきなりドアホーンが鳴って、

「隣の者です。音、うるさいです。夜はやめてください」

とクレームを入れられた。ここが壁の薄い安アパートなことをつい忘れていた。すぐ音を止めて、ひたすら謝ったけれど、なんだか今日はもう死にたい。ヘッドフォンに切り替えて、あーあ、でも八番三楽章は辛いときいつもこの世界を

忘れさせてくれる。ブルックナー団の連中もこうなんだなあきっと。みんな、住環境がいいとは思えないから、彼らもヘッドフォンでこっそり聴いているだろう。毎日、外でも内でも必ず何か嫌なこと、残念なことがあるだろう。追われるようにして自室にこもると、クスリが切れたときみたいに顫える手で、プレイヤーにCDを挿入する。スタートボタンを押す。そうやって、ブルックナー研究家たちの間で「原始霧」と呼ばれている弦のトレモロによる序奏が始まると、そこから崇高な別世界の扉が開く。

全身全霊で聴き終えて、余韻に浸りつつ、ＰＣでメールをチェックする。スマートフォンでも見られるようメーラーを設定してはいるのだが、あまり使っていない。はっきり言おう、頻繁にメールチェックしなきゃなんないほどの相手がいねーからだよちくしょう。

とひたすら下降する気持ちでいると、タケから添付ファイル付きメールが来ていた。

また「ブルックナー伝（未完）」の新作かな、と思ったら、どうも違う。

「実は五年前から毎年『黎明《れいめい》』新人賞に小説を送ってます。添付したのは一次予選を通った二作です。タケダ」

ふううん。そういうこともしてるんだ。意外に感じると同時にちょっと引く。本気で作家志望などという知人は周りにいなかった。

「黎明」の名前は私も知っている。「五大文芸誌」といわれるものの一つだ。なぜこんなものをわたしに送ってきたかは不明（きっとこの間「ブルックナー伝」を褒めたからだろうけど）だが、今日みたいな夜をやり過ごすというか、気を紛らすにはちょうどいい（かな？）。

あの「ブルックナー伝（未完）」を書けるくらいなんだから、それなりに面白いだろう。そう思って読んでみたのだが、……驚いた。

応募作もレトリックは下手じゃない。「ブルックナー伝（未完）」を現代風にした口調で適度に格調高い。でも、ストーリーがひどい。ニートをやっていた青年が、ある日、たまたま街で美少女（走ってきて、曲がり角でぶつかる）と出会って、世界の美しさを知る、というのがひとつ。もうひとつは、自殺未遂した青年が癒し旅行に出て、過去の自分を振り返り、まんざらじゃないと思う、という内容。

どっちも究極、客観的には全然駄目な自分を慰めるだけの話じゃないか。

しかも「ブルックナー伝（未完）」だとうまいぐあいに対象を突き放している視線が、オリジナル作品になるともう全面的に主人公の青年に肩入れしていて読むに堪えない。

憤慨まじりのため息数リットル分のあと、でもちょっと冷静になってからもうひとつ気づいたのは、こんなに駄目駄目な小説を手を替え品を替え、五年間も飽きずに投稿しているというタケのブルックナー的な根気強さだ。このままで芽が出るとは思えないけれど、どんなに結果が悪くてもやめないでいるところにいちばん驚いた。自信なさそうに見えてこんなものを平気で知り合いに送りつける厚顔無恥なところもかえってすごい。わたしにはできなかったことだ。

大学で一年の時テキストとして読まされた小説アンソロジーの中にジュリエット・サマーフィールドの「きのこの約束」という短篇があった。幼い女の子が裏庭に生えてきた小さい赤いきのこを気に入って、話しかけたりするのだが、次の日、それを見つけたお父さんが「これは毒きのこだ。触ってはいけない」と言って踏み潰してしまう。ただそれだけの短い話なのだが、人と接することのうまくない女の子が日陰に生える綺麗な（でも毒の）きのこを友達にしたい気持ちがとてもよく書かれていて、印象に残った。当時日本での翻訳はほとんどないがアメリカではたくさん著作のある作家だと知って、一冊、短篇集を取り寄せて読んでみると、どれも内気な少年少女を主人公にした小さなできごとを描いていた。

作家の紹介を読むと、幼少時、とても信仰心の強い保守的な親のもとで厳しい躾《しつけ》を受けた人だったそうで、その経験は作風に影響しているという。大人しい、押しの弱い、アメリカ合衆国では不利な性格だったが、あるとき、自分が女性同性愛者であることを意識すると、無理解な周囲との激しい葛藤《かっとう》が始まり、遂に家を出、放浪し、辛酸を舐《な》めた末、ある雑誌に投稿した小説が高く評価され、今に至ると記されていた。

気弱な人たちがなかなか周囲にはわかってもらえない状況の中であるときは反抗し、あるときは逃げるという話が大半だ。作品にはかなり作家の人生が反映しているようだが、けっこう非現実的なストーリーもあるし、ファンタジーもある。静かな海や空、夜の情景がよく描かれる。特に空や星への憧れが語られるところは優れている。育った環境によるのだろう、登場人物の寄る辺なさが切実に伝わる。今にも折れてしまいそうな彼ら彼女らの心をどうにかして支えるのはたまたま知った虚構の物語だ。彼ら彼女らは現実にはそうでなくても自分にとって真実に思える何かを信じて苦難に耐えようとし、それでもときどき負けてゆく。そうした経過を激しい言葉でなく、そっと、静かに語る、知的な口調がとても好きだ。

それで大学卒業までに、サマーフィールドの二番目の長篇小説を自分で翻訳しようと決めて、卒論もいい加減にしてそっちを完成させようとしたのだけれど、八割方できた頃に、わたしの取り組んでいた『星たちの記憶』が、有名な翻訳家の翻訳で先に出てしまった。恐る恐る読んでみると、これがまた自分なんか足元にも及ばない名訳で、素晴らしい。この『星たちの記憶』をきっかけに、サマーフィールドは日本でもよく知られる、ちょっとセンスいい人が好む作家ということになって、いろんな作家や批評家が一斉にあれこれ言及し始めた。そのときわたしは、もう自分の出番ないや、と思って、すかっと翻訳家になる夢を諦めてしまった。

二年以上続けていた自分の翻訳が無駄になった落胆は大きかったが、今思えばサマーフィールドは多作だし、未訳の作品は多いし、現在五十二歳現役ばりばりの作家なのだから、他の作品をどんどん自分で翻訳して、自分で出版社へ売り込みに行けばよかったのだ。でも、わたしはなんか性格が弱いのか、ブルックナーやタケみたいな鈍《どん》と根《こん》に欠けるのか、一度大きなつまずきがあるともう嫌になってしまう。この間、ポンが言っていた、「僕たちは招かれない」という感覚もある。今では人気のお洒落作家と見られるようになったサマーフィールドにかかわる場では、わたしもそんな気がした。

それでも好きな本の紹介をしていたいと思ったから非正規の図書館員の採用試験に応募して、どうにか合格して今こうしている。でも——とそこでやっぱり今日の出来事を思い出して、またため息が出る。その紹介も、これからはあんまりできなくなるんだ。

タケも言ってた。最初からうまくやれる人たちは何の問題もない。問題は、弱くて下手で、駄目で、つまずき続ける人の場合だ。わたしはかっこ悪いのが嫌いだから、下手なものを人に見せたくない。翻訳家を諦めたのは何よりその有名翻訳家があんまり上手だったからだ。それに比べて自分の訳文はこんなに下手で、間違いも多くて素人丸出しだし、他人から見てもそうだということくらいわかる。そうなると気の弱さと気位の（余計な）高さと根性のなさから、どうしても見苦しいものは出せないという気になる。でも。

さっきみたいにぐうの音も出ないほどかっこ悪い作品をどーんと見せつけられると

呆れる。が、そのうち逆に感心する。そして自分も少しくらいかっこ悪いところを見せてもいいじゃないかといった気にさせられる。タケ恐るべし。

それにしても「ブルックナー伝」は結構面白いのに、と考えて、ふと思い出すことがあった。

この間見つけて取り寄せたエーベルシュタインの本の中に、ブルックナーの話はないけれども、ハンスリックを主人公にした短篇があった。確かにハンスリックは敵なんだけど、この小説を読むと彼の意外な面が描かれていて、これ、タケの「ブルックナー伝」みたいな雰囲気で訳してみようかなという気になった。

『エドゥアルト・ハンスリックの憂鬱』

（ロベルト・エーベルシュタイン『The Shadowpictures in Vienna』から。代々木ゆたき訳。「ブルックナー伝」番外篇として）

「ハンスリック先生、ジュース学部長からです」

と助手のフリッツが大判の封筒入りの書類を持ってきた。

開いて見ればアントン・ブルックナーからの請願書で、ヴィーン大学哲学部に音楽理論の新講座を新たに設け、その講師として招いてもらいたいという内容だった。

あの男、以前、音楽院に推薦してやったとき、「ただし大学教授になろうなんて考えないようにね」と釘をさしておいたのに、やれやれだ。教授室で書類を机に拡げながら、ハンスリックには半ば結論が出ていたが、しかし、ともあれ言い分は聞いてやらねばなるまい、と批評家の誠意を示すつもりで、請願書を読んでいった。例によって煩雑《はんざつ》なへりくだりと儀礼的言辞一山のあと、自己紹介を始めている。

私は既に五十代であります。そのため、創作に用いる時間は甚《はなは》だ貴重となりつつあります。作曲のための時間と余暇を与えられ、以《もっ》て愛する祖国にとどまりうるために、私は、恐れ多いことながら、帝立王立大学に和声学等音楽理論のための、かつまた、帝立王立高等学校、ギムナジウム等全学生のための（給与ならびに退職後の年金を伴う）専任ポストを創設していただきたく、ここにお願い申し上げる次第であります。

これはつまり、「自分の作曲のための時間と収入を確保してくれ、そのため大学に自分用のポストを作ってくれ」という露骨に自己中心的な要求ではないか。ブルックナーの望みとは、あわよくば条件のよい、周囲からの尊敬を獲得できる職を得たいというだけのことだ。学問をしたいのではない、高給でいい立場が欲しいのだ。これを読んでいったい誰が説得されるというのだろう。こんなところで勝手な本音をだだ漏れにして、その要求が実現すると、この男は本当に考えているのだろうか。

ハンスリックはその厚かましさと考えなしに改めてうんざりした。会えば必ず大げさに頭を下げことさらへこへことへつらい、擦り寄ってくる卑《いや》しげな奴である。作曲に志すというのに芸術家の自負はないのだろうか。しかしそれはよい、呆れるのは、限りなく卑屈でありながら要求は底なしであるところだ。しかも必要性を論理的に示さず、ひたすらへりくだって馬鹿丁寧に書き、阿《おもね》りによって願いをかなえようとしている頭の鈍さには腹さえ立ってきた。出会った頃はその卓越したオルガンの演奏能力を認め、あれこれとよい評価もしてやったが、こういう勝手な要求には応えられない。

それにブルックナーは近年、ヴァーグナー協会に入会した。ここがハンスリックには最も気に入らない。ブルックナーという鈍物に促されてふと思い出してしまう、ヴァーグナーとの記憶がハンスリックには苦く苛立たしかった。

実はハンスリックもかつて、熱烈なヴァーグナー支持者だった。『リエンツィ』や『さまよえるオランダ人』の音楽に惹《ひ》かれ、それらの総譜を幾度も読み通した後の、分析と感想を、ヴァーグナーの避暑滞在先にまで訪ね、熱を持って語った。続く『タンホイザー』にはとりわけ強い感銘を受けた。『タンホイザー』は今も優れた作品だと思う。ハンスリックは、一八四六年、「ヴィーン一般音楽新聞」に「リヒャルト・ヴァーグナーと彼の最新の歌劇『タンホイザー』」という長い論文を発表して礼賛した。ヴァーグナーは齢若いのに優秀な鑑賞眼を持つこの青年を歓迎した。

だが、ヴィーンで『ローエングリン』と『さまよえるオランダ人』が上演された一八六一年頃になると両者の関係は冷えていた。『さまよえるオランダ人』を観たあと、テノール歌手のアロイス・アンダーを通じて会見を求めたが、ヴァーグナーはハンスリックに、見知らない人にでもするような態度で挨拶を返した。アンダーが「お二人はもう前にお会いになったことがあるのではありませんか」とヴァーグナーに尋ねると、ヴァーグナーは、「ええもちろん」とだけ言って向こうを向いた。

このしばらく前からハンスリックはヴァーグナーに対する批判を多く書いていた。しかしそれは敬愛するゆえに、この人にはより高い音楽をめざしてもらいたい、という理想主義的な心性から発したものなのだ。既に批評家として名をなしていたハンスリックとしては、批評というものは単なる宣伝や社交辞令的な持ち上げでなく、いかに尊敬する作者の、また素晴らしいとされる作品にも、非があると思うなら指摘すべきであるという信念に沿って、必要なことを嘘偽りなく発表していたつもりである。

久しぶりの会見でよくわかったのは、ヴァーグナーという芸術家は、是々非々《ぜぜひひ》という姿勢を知らず、すべての人間は必ず絶対的に自分の作品を愛し崇拝し礼賛し続けねばならないと本気で考えているということであった。ヴァーグナーに対し、矛盾や欠点の指摘などしてはならないのである。絶えず褒め続け、尊敬し続け、身を粉にして宣伝し続け、そこにひとつの間違いも見つけてはならないのだ。なるほどブルックナー、あの権威に弱いへつらい屋ならその役割にはさぞぴったりなことだろう。

ヴァーグナーは台本も書き詩も評論も書く。文学的活動も多い。だからハンスリックの批評に対して、ときに反論もしていたが、しかし、議論討論ということにはならなかった。ヴァーグナーが、そういう正々堂々とした方法によってではない仕返しをする人間であると知ったのは翌一八六二年十一月二十三日のことである。

ヴァーグナー愛好家として知られるヨーゼフ・シュタントハルトナー博士の屋敷で、新作『ニュルンベルクのマイスタージンガー』の朗読会が開かれた。まだ歌劇としては完成しておらず、作曲者自身の手による台本だけができていた。

このときはヴァーグナーも承知の上、とのことで、ハンスリックが招待された。『ニュルンベルクのマイスタージンガー』は、名歌手ハンス・ザックスの助力を得たヴァルターという若い騎士が、ベックメッサーという対戦相手と歌で勝負をして勝つという話であった。ベックメッサーはひどく頑迷で心の狭い人物として描かれ、権威を盾に旧弊な意見を主張し、自己中心的で卑怯《ひきょう》な画策をするが、その歌いぶりの古臭い滑稽さを皆から嘲笑され、ヴァルターに敗れる。

ハンスリックは、この歌合戦は旧勢力対新思想の決闘を象徴しているな、最後の結論は、新思想つまり新ドイツ派音楽こそよき「ドイツの精神」ということか、ヴァーグナーの革新志向であればまあそんなものだろう、などと思いつつ聞いていたのだが、朗読が終わっての帰宅途中、一人の知人が寄ってきて、こっそりと教えてくれた。

「わたしはなんとなくあなたが気の毒なのでお教えします。あのベックメッサーという登場人物ですが、もともとはそういう名ではありません。ヴァーグナーの最初の案では『ハンスリッヒ』という名だったのです」

そして、わざわざ朗読会にハンスリックが招かれたのも、ちょいと呼ばれればすぐやってくる「ベックメッサー」を、後に仲間内で笑いものにしようとしてのことなのだ、とその知人は言った。

批評は好悪の感情にまかせて書かれるべきものではない、飽くまでも、理知的に論理的に考え、たとえ印象を語るのであっても何度も自らの内で検証した後に書かれねばならない、と常日頃心がけるハンスリックではあったのだが、このときから、少なくともヴァーグナーに関してだけは、容赦することはなくなった。これまでいくらかは抑えてきた口調もより剝《む》き出しで過激なものとなった。

ヴァーグナーが主張する「総合芸術」とは結局、物語と演劇に音楽が利用されているだけの、音楽を主体に見る者からすれば音楽の隷属状態である。彼が示したいものはまずあの自己陶酔的な物語であって、音楽はそのために奉仕させられているだけである。

ブラームスの音楽を知ったのはヴァーグナーに愛想を尽かすよりもずっと前だが、そのとき、これこそ本来あるべき音楽だと思った。ブラームスは本当にいい。静かで、メランコリックで、大げさなところがなく、内省的で、節度があり、技法が精緻で、そして過去の偉人たちの仕事を謙虚に受け継ごうとしている。しかも彼は、ヴァーグナーたちの言う「総合芸術」などという浮薄な隷属音楽を真っ向から否定して、音楽が音楽だけで鑑賞されるべきとする「純粋音楽」という概念を示した。外部の仕掛けに頼らず、見世物に堕さず、音楽そのものを尊重せよと彼は主張している。天晴《あっぱ》れな真の音楽家である。

だから、ブラームスと、彼の言う「純粋音楽」を求める作曲家だけを評価し世に広めることが自分の使命である、との信念が今のハンスリックの批評を支えていた。

ブルックナーはヴァーグナー流の「ドラマ音楽」には手を染めていないし、知るところ標題音楽も制作していない。ミサ曲と交響曲を創作の中心としているのだから、純粋音楽寄りと言えるかも知れないが、しかし、選《よ》りにも選ってヴァーグナーこそ音楽の最高峰だなどと言い出すのだから、ヴィーンの楽壇を「ヴァーグナー派」から守るためにも、こいつを要職につけてはならない、というのがハンスリックの結論、そして確信であった。

ハンスリックは直ちに、学部長に、「報告担当者はブルックナー氏の請願の却下を妥当と判断する」と回答した。

そうしておいてから、葉巻で一服していると、ハンスリックは、どうも胸の閊《つか》えるのに困惑した。といって、この件に関する自分の決定に間違いがあると感じたのではない。却下すべきであり、それが正当である。こんな打算的で手前勝手な者を、理想追求の場であるところの学問の府に加わらせてはならない。だがそれとともに、ひたすら芸術を求める同時代作曲家ブルックナーの作品の、真価について、ふと、重苦しい気分になったのである。

彼の音楽性には全く賛成しない。それは自分の音楽観からも許しがたい野蛮音楽であると思う。だが、批評の神とでもいうものがあるなら、その神もまたブルックナーを全く否定し去るだろうか。

ハンスリックは、そうしたことを思うたびいくらかずつ憂鬱になるのだった。

あんな音楽を自分はどこまでも好きにはなれない。そうだ。そして私はそれを誤った作品であると教え諭すことができる。そういう立場でありこれが天職である。何を憂う必要があるだろう。改めてそう決めたハンスリックは、ただしかし、少なくとも常に批評の神の前で疚しくないようにあろう、と、はやもう何度目か、心に決めて灰色の煙を吐いた。

ここを訳しながらわたしは、ポンの言っていた「正統なクラシック」というような言葉を思い出した。ブルックナーの音楽は、モーツァルト、シューマン、ブラームス、フォレといった音楽からすれば邪道なのだという。

そんなふうに決められるのは心外だと思っていたが、エーベルシュタインの小説を読んで少し考えが変わった。こうやってハンスリック側から見てみると、こっちにも理があるという気にはなる。今でもハンスリックは嫌いだし、今わたしたちの周りにいるハンスリック団は許せないと思うけれども、ハンスリックその人は、敵ながら筋が通っている。

訳している内にわたしは、フィクションを通じてではあるけれど、宿敵とか邪魔者とか、そういう解釈よりもう一歩、ハンスリック側に近づけた心地がする。もちろん好みは変わらないが。

批評家の悲しさのようなものも感じた。それと、天才と言われ偉人と言われるヴァーグナーの、せこい卑小さも。ブルックナーだって、わかってはいたけれども、こうやって批判者の目から見るととてもさもしい。あれほど上昇志向で巨大なものばっかり目指した人間たちって、どこか卑しいんだ。人間性という点ならハンスリックのほうがよっぽどましだ。だけど、歴史は、筋のとおった批評家より、人間性は低いが才能ある表現者の方を重要視するし、名前と作品が残るのは結局彼らなのだ。

そんなことを知っていてもいいんじゃない、という意味で、これを完成させてメールでタケに送っておいた。お返しです、参考にでもしてくれって感じで。

8

その後しばらくタケとのやりとりはなかったが、四月一日になっていきなり、

「今月十五日のサントリーホール、行きますよね、バイエルン放送交響楽団のブルックナー三番。その日に間に合うように、今回は全体の中でもハイライトになるところ、書きました。サイトにあります。タケダ」

というメールが届いた。

「追伸　代々木さんの翻訳を読んで書きました」ともあった。

ブルックナー団サイト、「ブルックナー伝（未完）」のところへ行くと、新たに「史上最悪なる我がコンサートの果てに」というやや長い章がアップされていた。

ブルックナー伝（未完）

【第四章】　史上最悪なる我がコンサートの果てに

交響曲第三番が宮廷歌劇場オーケストラ（ヴィーン・フィル）の定期演奏会で堂々初演と決したのは一八七七年秋のことだ。しぶる楽団員を楽長ヘルベック自らが指揮すると言明し説得した結果である。

だが同年十月二十八日、ヨハン・ヘルベック急死の報がアントンに届く。旅先の、肺炎に罹《かか》っての不慮という。享年四十五。

当初はただ呆然とするばかりのアントンであったが、静かに降り積もる雪がある瞬間、屋根を押しつぶすように、やや経て彼の死が重く冷たい実在感を帯びたとき、アントンは、かつて父を亡くした少年時以来の衝撃に襲われ、身が顫えた。友人でもあった最大の保護者を失ったばかりか、三番成功の鍵をもなくしたことに気付いたからだ。

新楽長にはヨーゼフ・ヘルメスベルガー一世が就任した。彼はブルックナーの交響曲第三番を指揮する意思がないと伝えてきた。これで初演は頓挫《とんざ》と思われたが、アントンはようやく得た稀有《けう》の機会を捨てることを頑として肯《がえ》んぜず、例によって知る限りの各方面へ訴え乞い願い、加えて弟子らの奔走の甲斐もあり、かろうじてプログラムからの削除は免れた。

しかしながら指揮してくれる人が見つからない。それなら自分が指揮をしますとアントンは新楽長に答えた。

そうこうするうち十二月となり、第一回目の練習日が来た。ゲネラルプローベ（総練習）を含め二回しか練習の機会はなかった。ヴィーン・フィルは歌劇での演奏を主としており、他のオーケストラに比べ、単独コンサートのための練習日はほとんどとれない。一方、劇場での実演では、その都度状況にあわせ全員が素早くまた適度に対応できるような、チームワークと融通の利かせ方を心得ている。歌手の声が案外に小さければ伴奏の音量を下げ、次に聴かせどころがくるだろうときはリズムを強調してここは静かに、と聴衆に合図を送る。たまさか歌手が旋律を間違えたなら、木管や弦が正しい音をなぞってあたかもそちらが歌手の声であるかのように聴かせる。あるいは、指揮者が振り間違えたときには全員の即座の判断で必要な音やリズムを補い、何事もなかったかのように演奏を続け、より情緒が必要と皆が判断する部分では、全員申し合わせたように嫋々《じょうじょう》と緩やかに奏した。

反面、初見で演奏しづらい新曲にはすぐ「演奏不可能」と言い出す者が多く、ブルックナーの交響曲の持つ破格な書法の多さには幾たびも「演奏不可能」が宣告された。その都度アントンはここを変えそこを変えした。

このゆくたてが楽団員とアントンの関係性を既定のものとした。楽団員の方が主体を持つ教師であり、アントンは命じられて宿題をこなす生徒、という役割の枠ができてしまったのだ。

リハーサルは朝十時に始まる。

あのメンバーならどうにか聴ける曲にしてくれることだろう、と交響曲第二番の成功を思い返しつつ、アントンが楽友協会ホールの扉を開けると、ステージにはメンバーの半数が揃っていたが、楽器の音は一つか二つしかなかった。リハーサル前は各自パートの練習をしているのが通例である。だが、聞こえるのはがやがやとわしい会話の声ばかりであった。しかもそれは指揮者来臨とならば速やかに収まるはずが、一向に静まらない。

「みなさんおはよう」

と挨拶をするが、顔をアントンの方に向ける者はほとんどいない。

一人、チェロの名手として知られるダーヴィド・ポッパーだけは「おはようございます」と丁寧に返した。ポッパーはかねて第三番試演のときから曲の価値を認め、協力的であった。野放図の歓談繁れる中に金の一筋二筋、貴重な楽器の音を響かせている一人だった。

アントンは全員が揃うのを待つことにして舞台脇に立っていたが、なかなか人が増えない。開始予定の時間になって漸く何人かやってきたが、中の一人は後方の小椅子に座ると、朝食であるらしい、ソーセージを挟んだパンをかじり始める。誰かと見ればコンサートマスターのヤコブ・グリューンである。

「あのう、そろそろ」

と言い出すが、グリューンが後ろで片手をあげて、「しばし待て」の合図である。彼が食べ終わるまで、アントンは待った。だがそれによって貴重な練習時間が減る。

所在なく客席の方を見やると、中央の席に一人、身なりのよい三十代半ばくらいの男性がいるのがわかった。見学者らしい。楽友会員にはリハーサルの見学が認められている。

十時を二十分ほど過ぎてどうにか、グリューンほかの全員が所定の位置につき、

投げやりながら楽器を手にし始めたのでアントンは指揮台に進み、

「あのう、ではお願いします」

と言うと、一瞬、静寂が来た。そして次の瞬間、至るところで笑い声が始まり、それは限りなく拡大するかに見えた。

一体何がおかしいのか、困惑しながら、アントンは、しかしそんなことに時間を費やしてはおられまいと、

「ではまず一楽章から」と精一杯指揮者らしく、声励まして告げたが、ポッパーとあと二人ほど以外、誰からも反応がない。

「始めます」ともう一回り大声で呼ばわって、いきなりタクトを高く掲げ、最初の拍子をとってみせるとそこで初めて、弦が音を刻み始めるが、全く揃っていない。そもそも全員が同時に始めておらず、まるで分散和音のようになった。

「あのう、そこ、もっと揃えてもらえますか」

おずおずと言い出せば、コンサートマスターのグリューンが、

「センセエ、こういうのもいいんじゃないですかねー」と笑った顔で言う。

「いや困ります」

「だってもとここ、わやわやわやっと始まるだけじゃないですか。別にどうだって」

「違うんです、そこにはリズムと決まった出だしが……」

「どうしてこんな変な始まりを忠実にやらなきゃならんのか、よくわかりませんね、ヘルベック氏のようにきりっと理由を示してくださいよ」

左様に言われても、ヘルベックならぬ自分にはどうにも楽譜の必然性の的確な説明ができない。作曲家は自分なのだから、自分が一番よくわかっている。かも知れぬが、だとしても、それで通ずる道理もない。

「とにかく、楽譜にあるとおりに」

と言うとグリューンは、まああまり最初から苛《いじ》めるのも気の毒だからな、といった表情を後ろの団員によく示すよう振り返って見せ、その後、なんとか最初の刻みだけはできた。そこにかぶせて例のトランペット・ソロが始まるのだが、これが弱音のはずのところを朗々と響かせるのはまだよいとして、リズムもメロディも違うではないか。

「あのうー、トランペット、それ違うんですけど」

するとソロを吹いていたトランペットの首席キルンマイヤーが、

「センセエ、この方がずっといいですよ」

とこれも笑い顔だ。みな「センセエ」と呼ぶのはアントンが音楽院の教授と知ってだが、「先生」と、仮に日本語なら漢字で表記されるべき発音ではない。この場合定めしカタカナで書かれるだろう言い方で、どれも嘲笑の表れである。

「そうじゃなくて、そこはほら、うー、うー、う、うー、ううう、うー、うーうーうー、でオクターヴ下がって、うー、のD音です、上げないで」

「こうかなー」

とキルンマイヤーは吹いてみせる。音の高さは楽譜にもとづくが、のばすべきところをスタッカートで切り、しかも間に合いの手のような装飾音をいくつも加えている。

「そうじゃなくて、楽譜通りに……」

「いいじゃないですか、この方が。ねえ」と周りに同意を求めるキルンマイヤー、周囲から拍手が起こった。

「みなさん、ここはあのヴァーグナー氏が絶賛した箇所なんですよ、そのとおりにやってください」

ひたすら低姿勢でいたアントンも、たまりかね、しかし自己の威信がいかにも足りないことから、確実な権威を盾にして押そうと考えた。しかし、現在の団員の八割はハンスリックを信頼するブラームス派なのである。グリューンが口を挟み、

「ブラームス氏が絶賛、ならともかく、ヴァーグナーねえ、彼はいったい交響曲というものの造りをわかって褒めてたんですか」

と聞き捨てならないことを言い出す。ここでヘルベックなら間髪いれず「黙り給え」と一喝《いっかつ》したことだろう、と遠く虚《むな》しく思いながらアントンは、

「いや、そんな、もちろん、とにかくヴァーグナーなんですから」と語調を強めるのが精一杯である。アントンがこれだけ尊敬するヴァーグナーもコンサートマスターにはまるで権威でないのだから到底動かせもしない。

うわははは。とまた一頻《ひとしき》り笑いが起こった。「とにかくヴァーグナー」「とにかくヴァーグナー」「とにかく」とあちこちで言い合っている。自分より偉い人の名に頼らねば何も言えないアントンの主体性のなさを、各々嗤《わら》っているのだった。

「ちょっと。みなさん、それはいけませんよ。ここは指揮者の意向を知るための場

でしょう？」と長身のポッパーが立ち上がり、彼はリード奏者で前の方に座っていたので、後ろを向いて告げた。

「まずは指示通り、その上で新たな案があるならそうしましょう」

と静かに言ってくれて、ようやく全員の嘲笑が止み、練習演奏が再開した。ポッパーに人望があってよかったことだとアントンは拝みたい思いである。がしかしそうしたおどおどしたところを団員は軽蔑し嗤うのである。

元来、指揮はアントンの本職でないのだ。ひどくぎこちない動きだった。まるで柔軟さに欠ける。だがそうしたことを気遣う余裕もないアントンは、築こうとしても端から端から崩れ落ち、次々毀《こぼ》たれる音の砂山をその都度繕い、支え、抑え続ける工夫に懸命であった。

外れた音を指摘すればもっと外した音を出され、ここはゆっくりと言えば遅すぎ、速くと言えば速すぎ、言われてわざと音を出さない者さえあり、いかに訂正を繰り返したとてアントンの望む山巓《さんてん》にはとても行き着きそうになかった。

最初は好意的な気持ちがあった少数のメンバーも、これでは到底駄目だと思い始めているのが、指揮する指先の傷に酢が沁《し》むようにわかった。

「こんな面倒な指定はやめときゃいいのに」とこそこそ言われているのが聞こえた。

部分部分でソロが目立とうと次々蠢《うごめ》き、名人芸を披露するためだけにやっているとしか思えなかった。交響曲全体はどうでもよく、部分ばかり聴かせる気なのだ。しかも当曲にソロの面白みある箇所は多くない。すると合奏のところにさえわざと珍妙な音を入れ、訂正を要求すれば恬《てん》として「スパイスですよ」と言ってのける弦楽器奏者がいる。木管奏者はまた、肝心なところで活躍せず、音符のないところで警告の合図のように高い音を響かせた。やめてくれと言えばやめたが、本番でもこれをやられないとは限らない。

一楽章で、「なんだこれは。ここでもうひとつ主題？」と、それは嘲笑ではなく、本気で不思議がる団員に、「いえ、第三の主題が出るのはモーツァルトにもありました」と言うが、「でもこんなユニゾンで馬鹿でかい音にはしてないでしょう」と返し責められ、「それでもやるのです」と答えはしたものの、誰も納得はしていない。

二楽章では二小節・二小節の組みになった旋律で始まった後、末尾の一小節を執拗に繰り返す形になっているのを、ヴィオラのリーダーが「これ、音楽ですかあ？」と訊く。真顔であった。あまりに稚拙であるというのだ。旋律とも言えない二音が全く同じか少しだけ音程を変えて繰り返される。和声が変わらねば音楽とも言えないのは確かかも知れない。しかも古典的な和声法ではなく、和音を機械的にずらしてゆくだけなのだ。

ここの非音楽性をコンサートマスターから強く問われた。

「あなたが和声学を教えておられるなんて信じられませんな。小学生か、これ？」

「いえ、ここはヴァーグナーの『トリスタンとイゾルデ』の『愛の死』みたいな進行の様式なので……」

すると「ヴァーグナー」「とにかくヴァーグナー」「とにかく」と波のように笑いが起き、それは忽《たちま》ち津波となってアントンに覆いかぶさってくる。

なお、ヴァーグナーの『トリスタンとイゾルデ』に見られるような半音階進行と絶え間ない転調の連続から、調性の破壊と、その結論としての無調十二音音階を用いる作曲技法が発想され、後にシェーンベルク率いる新ヴィーン楽派は生まれたと言われる。アントンの交響曲はヴァーグナーの歌劇とともにこの時代の前衛音楽なのだった。

「なんでここでこのフレーズが出るんですか」と団員から悪意なく問われ、答えにつまった。

自分の作る音楽はどうも異様なものらしいと今更感じたが、といっていかにも自然な形に直すべきとも思わない。思わないがその理由が言えない。そうすべきなのだ。それでは通じないだろう。すべて指示通りにしてみたらわかる、そんな言い方しか考えつかない。言葉でなく説明でなく、音楽そのもので語りたい。音の例で示したい。たとえばオルガンで。苛立ちつつ無力感に襲われた。

漸《ようよ》う最後の和音まで辿り着くと、大きなため息とともに俯《うつむ》いて、アントンは「では来週」と鈍い小声で告げ、一人先にホールを出た。このときふと、あの唯一の見学者はなんと思って見ていたことだろう、とそこに意識が行って、初めて酷く惨めな気になった。

次の総練習のおりもアントンの指示が生かされることはほとんどなかった。

十二月十六日となった。

演奏会には音楽院の学生とともに、アントンが二年前遂に講師に就任したヴィーン大学の聴講生たちが聴きに来た。開演前、彼ら弟子十数人がホール入口に集まった。後にブルックナーの音楽の普及のため精力的に筆を執ることとなるヨーゼフ・シャルク、後年のヴァイマール宮廷楽長ルドルフ・クルシシャノフスキーらとともにグスタフ・マーラーがいた。二十年後に宮廷歌劇場総監督となり、ヴィーン・フィルを率いることになるマーラーは、その突出した才能を認められ、このとき弱冠十七歳でヴィーン大学特待生となっていた。大学でのアントンの講義を聴き、オルガンの演奏や、ときに例示される自作からその音楽に心服していた。

開場とともに学生たちは全員、一階後ろの安い立ち見席に入った。

この日のプログラムはベートーヴェンの『エグモント序曲』、シュポーアの『ヴァイオリン協奏曲第九番』、モーツァルトの『フィガロの結婚』から二つのアリアと、ペーター・フォン・ヴィンターー『中断された犠牲の祭り』からの抜粋、そしてベートーヴェンのカンタータ『静かな海と楽しい航海』であった。

ここまでの指揮がヨーゼフ・ヘルメスベルガー一世である。実はもうこのあたりで多くの客は満腹であった。ここで終わるはずのところへ、ブルックナーの長大な三番が無理に追加された形なのだ。

ヘルメスベルガーが退出した壇上に、アントンは、緊張のあまり機械のような歩調で出てきて、これ以上ないほど深々と頭を下げると客席に背を向け、指揮台に立った。

これだけで既に団員から苦笑と失笑とが漏れて、それは聴衆にも容易《たやす》く感染した。

団員たちが「ここまでは本気でしたが、これからは冗談ですよ」と言うかのように見えたからだ。中でも、ヴァーグナー協会員であるというアントンの立場を知る、ブラームス派の楽団関係者たちはことさらに笑い募った。なんだあれは、あのブリキの玩具のような動きのおじさんは、と、まずはそういった外見態度から面白がった。

始まる前から「へーいへーい」「駄目だあー」といった野次が飛んだ。

しばらく俯いていたブリキおじさんは、意を決したように顔を上げ、指揮棒を高く掲げた。しかしそこにさっぱり威厳がない。団員の失笑はさすがにやや抑え気味にはなったが依然続いている。そして次のひと振りの後、確かに演奏は始まったのだが、アントンにも聴衆にも、わやわやわやわや、という雑然とした音が響いただけである。

そこへ、途方もないフォルテでトランペットが第一主題を吹き始め、それは案の定、レガートで奏するところをスタッカートにして、あるべきでないリズムを作っていた。

もはやリハーサルではないので、アントンにはそれをとどめる術《すべ》がない。途中で止めてやり直させたかったが、もうそんなことにかかわってはいられない。途切れさせずに次を次を続けねばならず、その指揮はいよいよ機械のように拍子を取るばかりとなった。メトロノームをひとつ、指揮台上に置いておけば足りるであろうような、そんな指揮ぶりで、団員はわざとその機械的なリズムに合わせてはおかしがり、またわざと外しては楽しんだ。それが例の劇場でのチームワークとともに行われるのである。ポッパーほかの数人が困った様子をしたが、とどめられない。

聴く側は何が起こっているのか、最初、わからなかった。始まり方も奇妙である。トランペットの異様な大音響が度肝を抜くが、それが交響曲の第一主題だとすぐ呑み込める人は少なかった。加えてソナタ形式となるはずのところに二つでなく三つの主題が出てくると、いったいこれは何だろうと訝《いぶか》しむ人は多かった。しかもその展開部がどこからか、一聴では判別できない。と思ううちに再現部らしいところが始まり、何度か聴いたメロディがユニゾンで奏される、らしい。らしいというのは、演奏者たちがそのようにせず、変奏された部分なのか、勝手に変えているのかわからないからだ。さらに途中入ってくるのは雑音なのか本来の楽譜に記された音なのかもわからない。

多くの部分で本来のそれから音がずれている、ということが耳の肥えた聴衆には察せられた。至るところ歪《ひず》んだ和声が聴かれた。明らかに練習不足である。練習をする気のないメンバーが殆どであったのだから当然である。しかし、それを演奏のせいと考え、そこから作曲者の描いた音を推測する人は僅かしかいなかった。作品そのものがひどいのだ、と大半は思った。

アントンはここが違う、ここも違う、と数えだしそうになったが、しかし、それを始めればもう本当に音が崩壊してしまうので、ぎりぎり身を固めながら、指揮だけに集中した。しかし、いかに念を固めたとて、団員たちの暴走を止めることはできない。

長い一楽章だった。ハイドンならばこれで四楽章全曲になるのではないかと思われるほどの時間の後、何やら阿鼻叫喚《あびきょうかん》のコーダとともにようやく第一楽章が終わった。

ホールには、これは何ぞと不審、不穏の空気が支配的であったが、かなりの拍手も聞こえた。目新しいことをやっている、という評価でもあろうか。ブーイングと半々くらいはある。むろん学生たちは後ろから絶賛の拍手とブラヴォーである。

後にマーラーが総監督となり、ヴィーン・フィルを仕切るようになって以後、複数楽章を持つ曲の楽章間の拍手は禁止されたが、この当時は誰もが当然のこととして一楽章ごとに拍手した。それが評価の基準ともなった。演奏中にもあちこち囁《ささや》きや雑音が煩《うるさ》かった。バイロイトのヴァーグナーに倣《なら》い、演奏開始とともに客席を暗くし、聴衆の気を否応なく静寂に向けたのもマーラーである。実は、そのようにしてでも、あるべき鑑賞態度をもたらす仕掛けを彼に考えさせるに至ったきっかけが、この酷い演奏会なのだった。

アントンはズボンの後ろポケットに入れた赤いハンカチを取り出して顔を拭《ぬぐ》った。振り返り、客席の方を見やると、折しも一階の正面にいた客が、ふん、と言うように席を立って帰っていく。席を立つはその一人にとどまらない。既に何人かがぞろりぞろりと出入りの扉へ向かっていた。皆、これからさらに三楽章分も聴くほど暇でない、という顔つきである。

招待席にはハンスリックの顔が見えた。彼の周囲はすべてブラームス派の面々ゆえ、なんだこの曲は、と、顔を見合わせ、一致して馬鹿にし、嘲り笑う中、ハンスリックはそれらに同調せず、笑わず、訝しがるような、不機嫌そうな、そのいつもどおり厳しい表情がアントンをひときわ怯えさせた。

見ないことにして、演奏者の方へ向き直り、第二楽章を始めることにした。そっと、そっと、ゆっくり旋律を始めよう。

と思う端から、ヴァイオリンがひときわ粗野な響きを強調し、聴かせどころの、典雅優美幽玄たるべき箇所を曲弾《きょくび》きのごとくやたら速く弾く。なにとてかように台無しとしてしまうのだ、と大声で言いたくもなろうところ、演奏途中で小言は挟めない。いや、ここで怒り狂って退場してしまうほどの気迫がもしアントンにあれば、また事情は違ってきたのかも知れない、十九世紀の他の天才たちと同様。

しかし、これまでも今も上下関係に敏感な勤め人であり続け、権威にも上司にも逆らわず勤《いそ》しんできた従順なアントンには、作業半ばでそれを抛《ほう》り出す勇気はもとよりない。お願いします、お願いします、もっとましに弾いてください、と、それも口には出せず、心中で懇願するばかりな在り様は、上役から無理難題を押し付けられた平社員と同様。

それですらよく聴けば豊かな楽想である、とそのように学生たちは受け取っていた。なのにあれほど忙《せわ》しく演奏する必要はないではないか、と、このとき学生マーラーは、生来の癇《かん》の強さからも、ひどく憤慨した。

だが、それとともにマーラーは、ふとこの場を離れ、この精妙な、味わい深くロマンティックな旋律を敢えて急激な速さで演奏するという操作によって生じる異化の効果に思い当たっていた。それは陶酔的な音楽を一気に滑稽なものに変え、そのことで叙情的な繊細さを故意に打ち捨てるグロテスクな音楽が生まれる。あるいは逆に、甘美でない、忙しげなメロディをきわめてゆるやかに奏することで憂愁を描き出すこともできるのではないか。こうしたやり方はメロディというものの持つ扇情性への批判のようにマーラーには思えた。

ここでの記憶は後のマーラーが作曲することとなる交響曲に、速度急変による対比というプランを与え、それは彼の交響曲第一番の三楽章にも、あるいは五番のスケルツォにも、九番の中間楽章にも用いられるマーラー特有の、シニカルでヒステリックな技法に発展する。それはさらに後のショスタコーヴィチの音楽にも影響することだろう。

が、後にどれだけ新たな発想をもたらすにせよ、今ここにあるのは楽団員のただの恣意《しい》による揶揄《やゆ》的演奏でしかない。アントンが何年もかけて育《はぐく》んできた叙情は今、陵辱《りょうじょく》され、弄《もてあそ》ばれていた。

これはまるでモーツァルトの『音楽の冗談』ではないか。わざと音を外し、落第点の和声進行と、下手でしょうといわんばかりの不器用な展開と。

我に返ったマーラーはやはり憤激していた。

だがステージ上では憤激の余裕もない。さいぜんあまりに意向と異なる音を聞かされ、動揺のあまり振り違えかけたアントンは、今や本当にメトロノームとなってともかくも間違えず振ることだけを考えている。冷汗三斗《れいかんさんと》の過程がようやく過ぎ、最後だけは団員のお情けか、静かに穏やかに響く音を迎えた。

それでも喝采がないではない。聴くべきところは聴いてくれたか。訳知った身内だけでない、よく応じる聴き手もあるらしいのを心にとめ、再びハンカチで顔も頭も拭うと、もう一度気を引き締めてやろうと大きく息をつき、アントンは第三楽章を振り始めた。

リハーサルでもそうであったが、いくらかはその本領を発揮できる部分だとアントンは思っていた。だが、今回はリハーサルよりも妙に遅く奏されるのに気づいた。ここはもっときびきびとやらねば、だれてしまうではないか、だがそれをわかって、逆効果だけを狙おうとする者がいる。コンサートマスターが率先して指揮を無視していた。他の者もそれに合わせてしまう。

もうやめようか、やめるべきだ、といった断念こそないものの、かく粘り強いアントンでさえ、もうこれはどうにもならぬと、そう覚悟しかけたとき、たまたま、トリオの、第二ヴァイオリンとともにチェロが先導するところに来て、そこではポッパーが適正な速度・音程とリズムとで、初めてこの曲の真価を聴かせてくれた。

アントンは感激しつつ、全篇こうであれば、と詮ない思いも束の間、またスケルツォとなって間延びしたリズムが始まる。アントンの作るトリオ・スケルツォ楽章は必ず、トリオを挟んでその前後に完全に同じスケルツォが来る。最初のスケルツォが駄目なら後のスケルツォも同じく駄目なのだ。

艱難《かんなん》辛苦の末、三楽章が終わると、アントンは今一度客席の方を向いた。

そして愕然としたのである。

酷く席が空いている。中央席には十数人ほどしか座っていない。大勢の聴衆が通路に立って、続々と退去しつつあった。

やや響きのよくなったホールに最後部からの懸命の拍手が虚しく響いてきた。学生たちがもし席に座っていたならここで立ち上がっての喝采だろう、ただもともと立ち見であるから新たな示威的動作ができない。それでどんどんと床を打ち、ブラヴォーを叫び、その場だけが浮いていた。だが帰ってゆく人々を止めることができない。ああ、またあそこもここも、もう十分だ、もうこんなのには付き合っておれん、という表情だろうか、なかなか馬鹿馬鹿しくて愉快な笑劇だった、とそういう顔だろうか、よくは見えないが、皆、次々と去ってゆく。

このまま誰もいなくなってしまうのではないかとアントンは危機感を持った。待て、待て、みんな、長いと言ってももうあとせいぜい二十分程度なのだから、と、いやそれでも結構長くはあるけれども、でもまあ待て、待ってくれ、待ってくださ い、と一人一人に言って回りたかった。

祈りつつ見ておればそれでも、三分の一くらいの人は残った。いや全くよい数ではないが、ともかくこれだけでも人が残ったことでアントンは僅かに心を静め、終楽章を始めた。

始まりはだんだん音を増していく弦の八分音符と木管の空虚五度の保続音で、くりくりくりくり、と勢いよくいく。そのはずなのだが弦が全く揃っていないので、くりくり、ではなく、またしても、わやわや、である。

些《いささ》かは気を取り直そうとしていたアントンに、団員たちは今再び教えたのである。貴公はこれまでどおり、無能な機械人形をやるがよい、貴公が何を指示しようとも我らは従わない。貴公から渡されたまるで無価値な音符の群れを、我らは我らの工夫で聴かせてさしあげる。貴公はそこで無意味な動作を続けておればよい。我らはプロであるからに義務を果たす。とはいえ、何ひとつ納得できぬかようの曲に親身となる気はない。ただ音にしてやるのみだ。ありがたく聴いておるがよい。

一人一人の顔がそう告げているかのようであった。

ここの金管の響きはそれでもましだった。ティンパニも過《あやま》たなかった。だが移行のところでまたもわやわやになる。あたかも団員が雑談を始めたように聞こえた。

アントンは仕方ない、もう自分には選択肢がほとんどない、だが続けるだけだ、と倒産間近の商店主の気分で指揮を続けている。

アントンがそうして果てしない後退戦を強いられ他に意識を向けられない間、弟子たちは客席の事態の悪化にはらはらしていた。

この第四楽章の途中でさえ、さらにぞろぞろぞろぞろ、群れとなってホールを出てゆく人々が出始めたからだ。もうわかったこの先はどうでもよい、後は家に帰って夕食の席で大笑いしながらこのへぼ曲のことを語り合おう、そうした調子でホールを出てゆく人、人で、たださえ寂しい席がまた次々に空いてゆく。

どうなることかと弟子たちは、音楽よりこちらが気になっていると、再現部が終わり、遂にコーダが来た。それは先に楽譜を見て知っていたマーラーやシャルクらにとっては実に輝かしい終曲なのだ。一楽章冒頭にあったあの、短調のトランペット主題が最後には堂々たる長調で壮大な凱歌《がいか》となって帰ってくる。遍歴《へんれき》の末の偉大な騎士の帰還のようである。ならばここを演奏するさいは必ずアラルガンド（だんだん遅く強く）でやらねばその偉大さが伝わらない。にもかかわらず演奏者たちは、これをストレット（だんだん速く強く）でやってしまった。そのため、まるで安い喜劇オペラの幕切れのようになった。

威厳も何もない、ただ人間サイズの細々《こまごま》しい悲喜にしかならない、なんという残念な解釈なのだ、と、嘆き苛立つマーラーとシャルクらをよそに、最後の音が響き渡った。

そこで本来なら満場の拍手喝采、のはずが、改めて見れば、一階の平土間席には七人、ほかを見回しても自分らとあわせ、せいぜい二十人くらいしか残っていない。

しかも終わると同時に、席にいた人々が一斉に笑い始めた。拍手でなく嘲笑を浴びせるためにわざわざ残っていたのである。

楽団員はと言えば、最後の音が消えもしないうちに、そそくさと立って、がやがや言いながら壇上から去ってしまった。そこでは「ああ馬鹿馬鹿しい」といったような言葉がかわされているのだろう。今さっきまでの自分たちの演奏は、仕方なく義務でやったものだぞ、あんなもの本気でできるものか、という態度を誇示しているのだ。

弟子たちはここでやらねばいつやるか、とばかり大喝采をした。ブラヴォー出しまくり拍手しまくりだがせいぜい十五人なので、あたりに北風が吹くような空気は如何《いかん》ともし難い。

ステージ上では精根尽き果て、放心した様子のブルックナー先生が一人、しばらくしてふと台にある楽譜をかき集め小脇にかかえたかと思うと、ゆるゆると振り向いて、鉛のような顔つきで客席を眺めやった。言いようもない眼差しだった。道に迷った子供が、これからどうしよう、と途方に暮れているように見えた。弟子には後々、機会あるごとに、このときの師の様子が思い返されることだろう。

弟子たちは喝采し続けた。

脇から楽友協会事務総長のレーオポルト・ツェルナーが出てきて、ステージに向かい、晴れ晴れとした声で嬉しそうに言った。

「ブルックナー君、大失敗だねえ。君、もう交響曲の作曲なんてやめた方がいいよ。才能がないんだよもともと。君の交響曲なんか肥やしの中に捨てて、せいぜいピアノの編曲でもして稼いだらどうかね。その方がずっと利口だよ。じゃあ、ごきげんよう」

弟子たちは喝采し続けた。

マーラーとシャルク、クルシシャノフスキーらが用意してきた月桂冠を、指揮台にいるブルックナー先生に渡そうとした。それを見たツェルナーはすぐ部下を五人も呼んでアントンと生徒らとを隔てさせ、マーラーが手にしていた冠を強引に奪い取った。

「これは成功者にわたすものですよ。彼に資格はない。わかったね。じゃあ、ごきげんよう、学生諸君」

そう言ってツェルナーは部下とともに去った。

ホールにはアントンと弟子たち以外、あとは事態を望見している気まぐれな客が一人か二人ほどしかいなくなっている。

弟子たちはあれこれと褒めそやして、先生をいかにしてか慰めようとした。

するとアントンは、ようやく麻酔から醒めたように、

「ほおっといてくれようし。皆人にわしをわかろうという気が土台ないっつのだっで」

と身に溜まったものを吐き捨てるように言い、いつものハンカチで眼を拭った。

この上どうしてよいものやら、弟子たちは言葉を失った。

そこへ、こつこつと靴音を響かせ、中肉中背、髭の柔らかげな中年の紳士が後ろの席から近づいてきた。アントンにはそれがあの、身なりのよい見学者だとわかった。

見学者は壇上のアントンに向かい、言った。

「わたしはテオドール・レティヒと申します。印刷業を営んでおります。ブルックナーさん、お願いがあります。あなたの交響曲第三番ニ短調を、わたしに出版させてください」

そこにいる全員が耳を疑う言葉が聞こえた。

レティヒ氏は続ける。

「費用はすべてわたしが負担します。この作品を立派な装丁で出版させてほしいのです」

なにかまた自分を馬鹿にしに来たのだろうか、とアントンは警戒した。よく人に騙される。何でも本気にするからだ。だがこの完敗の状況で、さすがのお人好しの自分にもそれはないだろうと察せられる。どういうことか、どういう思惑か。この大失敗の体たらくを知って言うことなのか。あるいはこれも意地の悪い玩弄《がんろう》か。

そうした疑問は弟子たちも同じである。

さらにレティヒ氏は言った。

「わたしはジングフェラインのメンバーなのでいつでもリハーサルを見学できます。宮廷楽団の定期演奏会のリハーサルは大抵見ています。この間とその前、あなたがこの三番を指揮しておられるのもすべて見学していました。そこで」

レティヒ氏はさらに顔を上げ、アントンの眼を見た。

「正直言ってひどく下手なあなたの指揮、そしてまるで協力的でない団員の様子も見ました。あの態度はひどいと思います。しかし、相当に歪められた演奏からではあるものの、この音楽が大変優れたものであると、わたしにはわかったのです。これをヴァーグナーが絶賛したのも当然と、わたしには思えます」

こうして、翌一八七八年、『交響曲第三番ニ短調』の総譜とパート譜、そして四《よん》手《しゅ》ピアノ譜が出版された。ピアノ譜への編曲はマーラーとクルシシャノフスキーが行なった。

演奏会のしばらく後、いくつかの雑誌に署名・非署名のコンサート評が掲載された。

愚にもつかない音の無駄遣い。これが交響曲というのだから本当に腹の底から笑わせてくれる。ブルックナー？　それは誰だ？　お答えしよう、ヴィーンに住む初老の道化師のことである。彼は豚のようにぶひぶひ鳴いてみせることを音楽だと主張するおばかさんで、それをわれわれは面白がっているのだが、当人は至って真面目らしく、そのぶひぶひを本当に音楽だと言いつのるのだ。ええ？　本当に？　先日の定期演奏会に来ておられた人ならおわかりであろう、このおばかさんは自分で指揮して、そして自分で失敗して、満場の笑いを引き出してくれた。それは道化師としては素晴らしい仕事だったが、なんと、本人はそのとき芸術をやろうとするつもりだったのだ。ところがそれが大笑いされたためにびいびい泣き出して、師に倣ってどれもこれも薄のろの才能薄い弟子たちに慰められていた。この場面こそが最もおかしかったのだが、ただ、この滑稽劇を見ることができたのは小生のようにステージの最後まで雑音の狂宴に耐えることのできた者に限られる。ほぼすべての客は彼の交響曲の四楽章が終わるまでに帰宅していた

からである。（R・H）

これを執筆したのは当時「ハンスリック派」と呼ばれた批評家たちの一人であろうと言われている。おそらく彼はハンスリック親方のいわばお先棒担ぎをやりおおせたつもりなのだ。

当のハンスリックはと言えば、この三番に関して、公演二日後の「新自由新聞」に、以下のような評を寄せた。

我々に、この作曲家を中傷しようとする意思は一切ない。人間としても芸術家としても彼に対しては確かな尊敬をいだいている。また、彼の芸術の目的は、その技法が極めて特異であるとはいえ、まことに誠実である。ゆえに、このたびは、批評するよりはむしろ謙虚に、彼の巨大な交響曲を理解できなかったと告げるべきであろう。

我々は彼ブルックナーの詩的な意図を把握することもできず、音楽的な脈絡を理解することもできなかった。だがもしたとえるなら、せっかくのベートーヴェンの交響曲第九番的なヴィジョンが、ヴァーグナーの『ヴァルキューレ』と手を結ぼうとしたがため、その馬の蹄《ひづめ》に踏み潰されてしまったと言えばよいだろうか。

それは確かに酷評であった、ただしかし、先の匿名批評家の口調とははっきり異なっている。それらに比べるなら、ハンスリックの、たとえ本心では否定しているにせよ、「自分には理解できなかった」と表現するその態度のいかほど慎重であったことだろう。

タケの「ブルックナー伝」はなんだか回を追うごとに小説らしくなっているような気がする。最初の頃は重々しくてぎこちなかった口調もだんだん軽快になってきている。これまではかなり距離を置いてはいるものの、飽くまでもブルックナー側から書いてあった。するとハンスリックはもう絶対の敵、ということになるわけだけれども、今回はわたしの翻訳を読んで書きましたというせいか、ちょっと見方が重層的になってるかな。ただ憎い敵、というだけの描き方ではない。

文章表現って、奥が深いと思うのは、自分を投影した主人公を書くとあんなに駄目なタケが、自分と同一視はしたくないけど、でも共感する、という微妙な位置の恰好悪い人を主役にして、しかもある程度動かせない事実の記録をもとにして書くと、情けないけどなんだかほっとけない小説ができるということだ。

タケはこの「ブルックナー伝（未完）」で、作家の眼を得たのかも知れない。

それで、ちょっとばかり覚悟を決めて「やっぱり君はノンフィクションぽいものがいいよ、正直言って小説はヘタだと思う」と、はっきり書いたメールをタケに送ってみた。

「ありがとう。参考にします。タケダ」という返事が来たけれど、きっと全然変わらず、来年もヘタな小説を応募するんだろうなあ。

でも今のわたしよりタケのほうが何か、人生との向き合い方がまっとうなんではないか、と思えてもくる。

わたしだって、翻訳でなんかしたかったんだろ、英米のイイ作品をたくさんの人に読んでもらいたいんだろ、どんな下手でも、だったらもっと上手い次の人が出てくるまでのつなぎ役でいいじゃないか、今からでもやれよ、自分。

駄目な人には同じ駄目な人の必死が胸にくるのだ。タケの下手なあがきはひとごとじゃないってこと。

考えていけばいくほど気分が泡立つようで眠れず、次の日、職場では眠かった。

9

出版社にいる友人が定期的に回してくれる翻訳書の校正の仕事が入ったので、約二週間、図書館から帰ると、ずっと内職を続けていた。心落ち込む出来事が多い中では没頭できる細かい仕事がありがたい。

それがちょうど一段落すると、四月十五日がやって来た。この日、火曜日は図書館の休館日なので、昼まで寝て絶対眠くならないようにし、夕方に多すぎない食事を摂った後、サントリーホールへ向かった。

バイエルン放送交響楽団、ヴァルター・ホーラント指揮、ブルックナー交響曲第三番第一稿という珍しいプログラムだ。何が珍しいかというと、この三番は第三稿まで三種類の楽譜があるのだが、普通演奏されるのは第二稿か第三稿で、たいていはラストのよく決まる第三稿を使う。タケが小説にしたあれ、ヴィーン・フィルで初演して大失敗になったのは第二稿。ヴァーグナーに献呈したもとのやつがこの第一稿なのだが、二稿初演の後もこれはほとんど演奏されたことがなかった。

録音はあって、このホーラントの指揮で聴いてみるとなんと全曲で八十分近くある。もっと時間をかけない人もあるけれども、やりようによっては五番・八番なみの大曲だったわけだ。それをいきなりヴィーン・フィルで演奏してくれと言っても断られるのは当然だろう。だからブルックナーは一生懸命楽譜を短縮して、だいたい五十分から六十分くらいの演奏時間にしたのが第二稿・第三稿だ。

というわけで、こんな珍しいものを実演で聴ける機会はほとんどないから、ブルオタたちは一気に結集することになった。

実演八十分、という告知が先にされており、前半の曲などはなく、この一曲だけ。ブルックナー好きがときどき言うことだけど、ブルックナーだったら六十分くらいの四番や九番でも、もう前半とかなくていいからその一曲だけで聴きたい。アンコールもいらない。ブルックナーがあればおまけはいらないのだ。そういう意味でも、最初ブルックナー団と出会った五番以来の、休憩なし一本勝負なのがわたしにはいい。

いよいよ演奏が始まった。二稿三稿とはだいぶん違う、あ、ここがヴァーグナーの引用か、とか、ちょくちょく思いながらそれでも懸命に集中して聴いていくが、さすがにこの日の聴衆は全然物音をたてない。ぬるいコンサートで二楽章が始まると必ず、のど飴の袋をパシパシいわせながらゆっくり開けて、次にクシャクシャと音をたててパッケージ破って出して口に入れる無神経な客もいなかった。

一楽章がかなり違っていた。四楽章はもっと違っていた。でも、どこを取ってもブルックナーなのは、なぜわかるのかな。この間読んだタケの「史上最悪なる我がコンサートの果てに」の記述にあわせて、あれはここのあたりのことかな、などと考えながら聴いた。

遂に最後の音が響いて、手を上げていた指揮者がゆっくりとタクトをおろすまで何十秒か、誰も拍手しない。ブラヴォーなんかとんでもない。一分近く静寂があった。すごい。

そしてタクトが完全に下りきって、指揮者が肩の力を抜いた途端、轟音のような拍手とブラヴォーと、うおうおとがが一とうんが一の合唱だ。わたしも大拍手だけど、うんが一は言わない。

そのまましばらく拍手を続けると、三回指揮者が出てきて、もう一回ステージ脇へ引っ込んだところであとはブルオタさんたちに任せ、席を立って、ホワイエで待った。わたしはやっぱりブルオタ祭りはいいや。

二十分後くらいにタケユキポンが出てきた。

そしてまたも例のマクドナルドの二階へ。三人はしばらくPC作業に没頭し、わたしは今日の演奏の感想と、そしてタケの「ブルックナー伝（未完）」の感想を言った。

「史上最悪のコンサート、あれ、読んでてやきもきしたよ。メールでも書いたけど、武田君、君はやっぱり事実の記録使ったの、なんか書くといいよ」

「うん」

「でさ、『ブルックナー伝』、いつ（未完）じゃなくなるの？」わたしが訊くと、

「まだ先。交響曲第四番から後の話もあるから、どれだけかかるかわかんない」と答えるタケは相変らず自信がなさそうだった。

「あれ、できたらどっか持ってくといいよ、わたしの知ってる出版社、教えたげるよ」

「ありがとう」

軽いやりとりをしているとわたしも軽い気持ちになる。そして思う、そうだ、もう一回、ジュリエット・サマーフィールドの第五長篇、自分で翻訳してみよう。誰かに先越されたら第六長篇でもいい。短篇集でもいいし、エッセイ集もいい。好きな作品はまだまだいっぱいある。ダメもとと思えば何でもできる。

しばらく会話が途絶えた。沈黙が積ってゆく。だが今日のそれは充実して柔らかい。

「帰ろう」とタケが言った。

「おう」とユキ・ポンそしてわたしは、立ってコートを着た。階段を下りてマクドナルドを出る。

歩道が広いので四人横に並んで歩いた。周囲に街燈が多い。空を見上げたが薄茶色く曇っていて星と月は見えなかった。四月半ばだけれどもまだちょっと寒い。

ポンが言う。

「再来月のシュターツカペレ・ドレスデン、行く？」

ベルギー出身の若いブルックナー指揮者として知られるジェラール・ベルトラン指揮の公演だ、プログラムはブルックナーの交響曲第八番。

「行く行く。だって」わたしの言葉に三人が続けた。

「ブルックナー団だから」

エピローグ　我が願えるはただ遠き後の日

交響曲第七番の成功により、ようやく作曲家として認められたアントン・ブルックナーに、従前の業績を讃えるとして一八八六年、騎士十字勲章の授与が決定された。

同年九月二十三日、アントンは、皇帝に拝謁を許され、直接に謝辞を述べることとなった。規定通り騎士十字修道会のマントをまとい、勲章を胸にして、午前十一時、拝謁室に招き入れられた。

皇帝フランツ・ヨーゼフ一世はこの年五十六歳、三月革命直後に即位して以来、既に三十八年を経た。かつて無髯《むぜん》で若々しかった青年皇帝は今や大きく脇へ広がる頬髯を蓄え、禿頭《とくとう》とその表情までヴィーンの至るところに見られる肖像のとおりであった。三月革命以後の混乱を厳しく治め、また一方では城壁を取り壊してリンクシュトラーセを作らせ、周囲に大規模建築を促しヴィーンの経済的繁栄を築いた、そして今もヴィーン人から愛される皇帝がアントンの眼前にいた。

アントンはここぞと低頭し、御礼を述べた。

皇帝はそれを受けた後に、

「何か望みがあるなら言ってみなさい」と言葉をかけた。

するとアントンは、勇気をふるい、答えた。

「どうか陛下、ハンスリック氏が私のことを悪く書くのを禁止していただけませんでしょうか」

皇帝は堪《こら》えきれぬように笑った。そして言った。

「それは予にも難しいと思う」

アントンは続けて宮廷楽団の勤務や手元不如意のため、外国での自作演奏に立ち会うこともままならないと訴えた。

皇帝は、

「必要な休暇や費用については計らおう」と約した。

アントンはもう一言言いかけたが、皇帝が手で制したので、再び深く頭を下げ、伝令兵に導かれて退出した。その間数分もなかった。

爾来《じらい》、皇帝が「あの騎士十字の」と側近に語る機会はたびたび見られた。よほどアントンの様子が印象深かったのだろう。

なお、その言葉どおり、ハンスリックからの批判を止めることは皇帝にも叶わなかった。

また受勲の後であってさえ、たびたび楽団からその演奏が拒否されたため、依然、アントンは彼らの意に沿うよう、楽譜の改訂を続けねばならなかった。さばかりにあらず、実際の演奏の場では、直しに直した各楽章いずれそれでも長すぎるとの理由から夥しい箇所が指揮者の指示でカットされた。

ある演奏会の後、アントンを最も尊敬する弟子のひとり、アルベルト・フォーゲルが言った。

「先生はもっと怒るべきです。どうしてあんな若い未熟な指揮者の言うことをむざむざとお聞きになるのですか。僕は、いえ僕たちは、もう悔しくてなりませんよ」

アントンは中空を見ながら、正確な標準語でうつろに答えた。

「どんなに省略や変更があっても、それでなければ演奏しないと言われるのだから認めざるをえない。わたしができるのは妥協だけだ。さもなければ全く演奏されないのだ。選択の余地はない」

「でも、先生ご自身も、ほら、そんなに残念そうでいらっしゃるではありませんか」

「ああ。残念だ。そして許しがたい。しかしわたしの生きている間に変更なしの演奏は無理だとわかっている。今はただ、どんな形でも聴いて憶えてもらうほかない。だが、いつかわたしの交響曲が多くに知られ、その本来の形を心から求められる、そのときのために」

僅かにアントンの口調が改まった。

「一切削除訂正のない、わたしの書いたままを清書した楽譜を、厳重に包んで封をした形で帝立王立宮廷図書館に寄贈することにしてある。いつの日か、わたしの真の音楽を聴こうとする人々が現れたら、妥協のない形で演奏できるようにだ」

そしてアントンはこう結んだ。

「完全な楽譜は、後世の聴衆のためにある」

主な参考文献

エルヴィン・デルンベルク 著・和田旦 訳『ブルックナー　その生涯と作品』（1967　白水社）
オスカー・レルケ 著・神品芳夫 訳『ブルックナー　音楽と人間像』（1968　音楽之友社）
ハンス＝フーベルト・シェンツェラー 著・山田祥一 訳『ブルックナー　生涯／作品／伝説』（1983　青土社）
カール・グレーベ 著・天野晶吉 訳『アントン・ブルックナー』（1986　芸術現代社）
ヴェルナー・ヴォルフ 著・喜多尾道冬・仲間雄三 共訳『ブルックナー　―聖なる野人―』（1989　音楽之友社）
張源祥 著『ブルックナー／マーラー　大音楽家／人と作品20』（1971　音楽之友

社）
土田英三郎 著『ブルックナー ―カラー版作曲家の生涯―』（１９８８ 新潮社）
門馬直美 著『ブルックナー』（１９９９ 春秋社）
田代櫂 著『アントン・ブルックナー 魂の山嶺』（２００５ 春秋社）
根岸一美 著『作曲家 人と作品シリーズ ブルックナー』（２００６ 音楽之友社）
『音楽の手帖 ブルックナー』（１９８１ 青土社）
根岸一美・渡辺裕 監修『ブルックナー／マーラー事典』（１９９３ 東京書籍）
金子建志 著『こだわり派のための名曲徹底分析 ブルックナーの交響曲』（１９９４ 音楽之友社）
音楽之友社 編『作曲家別名曲解説ライブラリー⑤ ブルックナー』（２００６ 音楽之友社）
渡辺護 著『リヒャルト・ワーグナー 激動の生涯』（１９８７ 音楽之友社）
福田弥 著『作曲家 人と作品シリーズ リスト』（２００５ 音楽之友社）
船山隆 著『マーラー ―カラー版作曲家の生涯―』（１９８７ 新潮社）
西原稔 著『作曲家 人と作品シリーズ ブラームス』（２００６ 音楽之友社）

田村和紀夫 著『交響曲入門』（2011　講談社）
オットー・シュトラッサー 著・芹沢ユリア 訳『栄光のウィーン・フィル』（1998　音楽之友社）
近藤寿行 写真・文『ウィーン音楽の散歩道　大音楽家の足跡を訪ねて』（1997　講談社）
ロート美恵 著『「生」と「死」のウィーン　世紀末を生きる都市』（1991　講談社）
木村直司 編『ウィーン世紀末の文化』（1993　東洋出版）
山之内克子 著『ウィーン・ブルジョアの時代から世紀末へ』（1995　講談社）
広瀬佳一・今井顕 編著『エリア・スタディーズ19　ウィーン・オーストリアを知るための57章【第2版】』（2011　明石書店）

あとがき

本作『不機嫌な姫とブルックナー団』は二〇一六年、講談社から書下ろしとして刊行された。

ブルックナーという、クラシック音楽の世界でもとりわけ特異な作曲家の音楽は、その複雑さと長大さゆえに、日本では長らく多くに親しまれるものではなかったが、しかし同じく長大な交響曲を作曲したマーラーの音楽が人気を得、さまざまな機会に聴かれるようになるのに少し遅れて、一九八〇年代くらいから注目されるようになり、またコンサートでも演奏されるようになった。

こうした交響曲の愛好者を多く生んだ理由としては録音再生によって個人が自室で大交響曲を鑑賞できるようになったという技術的進歩が大きかったと思われる。

しかもこれら後期ロマン派の音楽の多くは現在の映画音楽がその範としたところを持つ。すなわち、その壮大さ豪快さが、実は現代のわれわれの通俗的な愛好の方向にも合っている。このことは随分前から言われており、たとえばヴィーン出身の哲学者ヴィトゲンシュタインは、「ブルックナーは映画に合っている」と記していた。さらには近年の大オーケストラがその技量を存分に聴かせうる効果的な曲として来日オーケストラや定期演奏会のプログラムに載ることが増えた。

ただ、個人的な感傷を思わせるマーラーの曲とは違って、ブルックナーの音楽は個人性を感じさせず、より崇高であり、個を離れた一宇宙の創造のような感触を持つ。そしてこの感触をよしと感じた人たちが心の拠り所のようにして聴く、それが私の感じたブルックナーの交響曲である。いわばひとつの世界丸ごと創造し聴かせるようなところが、近年の異世界ファンタジーの在り様に近いとも思える。ブルックナーの音楽は私に人間的世界を超える何かへの手触りを伝えてくれる。

だが、その作曲者自身が超越的な人であったかというとまるで逆である。権威に弱く他者に何か言われるとすぐ信じてしまうお人好しで、しかし野心は大きくとにかく「偉いさん」に憧れ名声と名誉を欲しがり、自分より社会的地位の高い相手には卑屈《ひくつ》なへつらいを続け、田舎ぶった物言いや態度をとり、高級な議論やお洒落《しやれ》な振る舞いからは程遠く、恋愛にはまるで縁がなく、またよく知った者以外の他者への対応が下手で、こだわりが強く、特定のことには詳しいが広い視野に乏しく、一言で言えば「恰好悪い人」なのだった。

私の場合、その作品を好んだことが先なので、作曲者の人格などどうでもよいというのが建前だったのだが、鑑賞を続けてゆくうち、機会あるごとにブルックナーという人の「なんだかな」な感じのエピソードを知り、ときにおかしがり、ときに哀れみもしているうち、なんとなくその悪戦苦闘ぶりが他人事でないように感じることが増えた。

私は澁澤龍彦と中井英夫の選考による「幻想文学新人賞」という今はない小規模な文学賞の受賞でひとまず作家を自称するようになったが、それでといって作品の発表場所はなく、では、と大手・講談社の主催する「群像新人文学賞」に何度か応募し直し、その評論部門で優秀という認定を受けてようやく、機会は多くないがなんらかの作品発表が可能となった者である。評論に関してはもう大方書きたいことを書き尽くしてしまったので、もとの意向のとおり小説を発表するようになって今に至る。だが、「小説部門」からの（再）デビューによる「純文学新人作家」との認定がなされていないため、またようやく小説を発表できるようになったとき既に年齢を経ていたため（ブルックナーが最初の交響曲を作曲し始めたのは四十歳前後とされる。私が最初の著作を世に出せたのも四十歳のおりである）新人と看做《みな》されず、たまたま文芸誌に小説が掲載されてもほとんどの場合「文芸時評」の言及対象にならない。といって「エンターテインメント」で初版一万部以上の本を書けるわけでもなく、純文学からもエンターテインメントからも扉を閉ざされてきた。稀《まれ》な僥倖《ぎょうこう》から少数の編集の方に見込まれて今はどうにか主に書下ろしの小説を刊行してもらえる（本作『不機嫌な姫とブルックナー団』もそのありがたい一冊であった）ようになったが、こうなるまでには機会あるごとに見苦しい自己宣伝を繰り返し、期待を持て余し、見込み違いで売り込みに失敗し、さんざんに無様を晒《さら》してきたものである。とてもブルックナーを笑えない。

そうしたこともあり、ブルックナーの無様で滑稽《こっけい》だが真摯な生き方の記録を、距離を取りながらもいくらか同情的に、また断片的に書いてみたのが本書内、武田一真による「ブルックナー伝（未完）」である。

この部分に注目してくださった中央公論新社の方から「完全なブルックナー伝」を書いてみないかと言われ、二〇二四年、『ブルックナー譚』を刊行することができた。これはできるだけ正確を期した伝記的記録の各章末に武田の記したような場面を加えてできた、最終的には小説としてのブルックナー伝である。たまたま二〇二四年がブルックナー生誕二〇〇年の記念の年であったのでこうした形で刊行することができた。

この伝記小説を書くことで得た私の認識を該当書の後記から引用させていただく。

それにしてもここまで悪戦苦闘して、生涯のほとんど八割くらいを、地を這うような面白くない下積みに費やしてまで自分の作品を世に残そうとした、その意志と忍耐には驚嘆する。

彼と同じほど、あるいは彼をも上回ったかも知れないセンスを持っていた弟子ハンス・ロットは、一度の挫折で心を患い、そのまま夭折した。ブルックナーはそういった心弱さを持っていない。世への姿勢は常に弱気で人の言うことに左右されがちであったのに、自作の価値を疑ったことはおそらく一度もない。『八番』が演奏拒否されたときは流石に彼も「神経衰弱」「強迫症」といった症状に陥っているが、しかし、それならと改作を続け、そして次第に回復する。改作するという行為は、自らがもととした何かは間違っていない、ただその具体的な描き方に見込み違いがあって、そこを直せば必ず世に容《い》れられるという確信あってのことである。

これほどの確信を持たせたものは何だろう。私にはそれが、彼の心のどこかで湧き続けるこの世ならぬ音の源泉のようなものに思えてならない。実際に音なのかどうかもよくわからない。おそらくはオルガンの即興演奏のさいに自在に指が動くかのように展開させる、ある力、ある動きのようなもので、そのままでは何物でもないが、それがブルックナーという器を経て、豪壮多彩な音響として発信されるのではなかっただろうか。

ブルックナーは、その和声、その響きに驚嘆しながら魅了され、半ば自分のものですらないような気分でそれを必死にこの地上に書きとめようとした、とそんな神話的口調で語りたい気がする。彼が作品を書き直し続け、他者の助言をも容れ続け、また直し続けた、その理由は、もともとの何かが完全には把握できないものだったからではないだろうか。あるいは絶えず動き続け変容し続けることにこそ彼の音楽の、巨大な力の運動という本質があった。暫定的にしか示しえない、しかし確実にある最高の響きを、死にいたるまで探り続けた、それがブルックナーの作曲姿勢と考えたい。

そのかけがえのない、無償の贈与たる音の饗宴を、ブルックナーはどんなやり方ででもこの地に据えておきたかったのだ。それはもう自分の名声のためというよりは、神からの恩寵を分け与える使徒のような行いだった。しかし、だからこそ、名声と評価は何より必要だった。愚かな人間たちは、偉い人にこれは素晴らしいのだぞと諭《さと》されなければ見向きもしないからだ。ブルックナーは自作の価値は信じていたが、自作が価値あるからといって、価値あると世が認めるものではないことをよく知っていた。世に認めさせるためには情けない追従《ついしょう》もなりふり構わない痛々しい態度も取った。皇帝の権威も利用した。なぜなら価値ある音楽だったからだ。その価値のわからない可哀そうな人々へ、彼は皇帝の名のもとにそれを施《ほどこ》したのである。

こんな理想化はどうかと思う方もおられるだろうが、それは仕方ない。ともかく私の受け取るブルックナーの音楽は稀有《けう》の贈与である。

その贈与を心から喜ぶ人たちの様態を本作では描いた。『ブルックナー譚』に対して本作はブルックナーのファンたちの物語である。そこに好意的な反応をする方々がいてくださったおかげで今回の文庫化が実現した。ありがとうございます。

なお、近年、ブルックナーの音楽を愛する女性は少しずつ増えているように思う。もともと圧倒的に男性の愛好者が多かったのにはいくらかローカルな事情もあり、そうした件も『ブルックナー譚』の後記に記した。ご興味があればご覧いただければ幸いである。

最後に、初版のさいお世話になった見田葉子さん、加藤玲衣亜さん、そして今回文庫化でお世話になった小林留奈さんに心より御礼申し上げます。

高原英理

本作は小社より二〇一六年八月に刊行されました。
文庫化にあたり、一部を加筆・修正しました。

|著者| 高原英理　1959年、三重県生まれ。小説家・文芸評論家。立教大学文学部日本文学科卒業。東京工業大学大学院社会理工学研究科博士後期課程修了（価値システム専攻）。博士（学術）。1985年、第1回幻想文学新人賞を受賞。1996年、第39回群像新人文学賞評論部門優秀作を受賞。小説に『不機嫌な姫とブルックナー団』（本作）『エイリア綺譚集』『観念結晶大系』『高原英理恐怖譚集成』『日々のきのこ』『詩歌探偵フラヌール』『祝福』など。評論に『少女領域』『ゴシックハート』など。編著に『ガール・イン・ザ・ダーク　少女のためのゴシック文学館』『深淵と浮遊　現代作家自己ベストセレクション』など。

不機嫌《ふきげん》な姫《ひめ》とブルックナー団《だん》

高原英理《たかはらえいり》

講談社文庫
定価はカバーに
表示してあります

2024年4月12日第1刷発行

発行者――森田浩章
発行所――株式会社　講談社
東京都文京区音羽2-12-21　〒112-8001
電話　出版（03）5395-3510
　　　販売（03）5395-5817
　　　業務（03）5395-3615

KODANSHA

Printed in Japan

デザイン―菊地信義
製版―――TOPPAN株式会社
印刷―――TOPPAN株式会社
製本―――株式会社国宝社

ISBN978-4-06-535099-7

講談社文庫刊行の辞

二十一世紀の到来を目睫に望みながら、われわれはいま、人類史上かつて例を見ない巨大な転換期をむかえようとしている。

世界も、日本も、激動の予兆に対する期待とおののきを内に蔵して、未知の時代に歩み入ろうとしている。このときにあたり、創業の人野間清治の「ナショナル・エデュケイター」への志を現代に甦らせようと意図して、われわれはここに古今の文芸作品はいうまでもなく、ひろく人文・社会・自然の諸科学から東西の名著を網羅する、新しい綜合文庫の発刊を決意した。

激動の転換期はまた断絶の時代である。われわれは戦後二十五年間の出版文化のありかたへの深い反省をこめて、この断絶の時代にあえて人間的な持続を求めようとする。いたずらに浮薄な商業主義のあだ花を追い求めることなく、長期にわたって良書に生命をあたえようとつとめるところにしか、今後の出版文化の真の繁栄はあり得ないと信じるからである。

同時にわれわれはこの綜合文庫の刊行を通じて、人文・社会・自然の諸科学が、結局人間の学にほかならないことを立証しようと願っている。かつて知識とは、「汝自身を知る」ことにつきていた。現代社会の瑣末な情報の氾濫のなかから、力強い知識の源泉を掘り起し、技術文明のただなかに、生きた人間の姿を復活させること。それこそわれわれの切なる希求である。

われわれは権威に盲従せず、俗流に媚びることなく、渾然一体となって日本の「草の根」をかたちづくる若く新しい世代の人々に、心をこめてこの新しい綜合文庫をおくり届けたい。それは知識の泉であるとともに感受性のふるさとであり、もっとも有機的に組織され、社会に開かれた万人のための大学をめざしている。大方の支援と協力を衷心より切望してやまない。

一九七一年七月

野間省一

講談社文芸文庫

大澤真幸
〈世界史〉の哲学 4 イスラーム篇
解説＝吉川浩満
西洋社会と同様一神教の、かつ科学も文化も先進的だったイスラーム社会において、資本主義がなぜ発達しなかったのか？ 知られざるイスラーム社会の本質に迫る。
978-4-06-535067-6
おZ5

吉本隆明
わたしの本はすぐに終る 吉本隆明詩集
解説＝高橋源一郎 年譜＝高橋忠義
つねに詩を第一と考えてきた著者が一九五〇年代前半から九〇年代まで書き続けてきた作品の集大成。『吉本隆明初期詩集』と併せ読むことで沁みる、表現の真髄。
978-4-06-534882-6
よB11

芥川龍之介　藪の中
有吉佐和子　新装版 和宮様御留
阿刀田　高　ナポレオン狂
阿刀田　高　新装版 ブラック・ジョーク大全
安房直子　春の窓〈安房直子ファンタジー〉
相沢忠洋　「岩宿」の発見〈幻の旧石器を求めて〉
赤川次郎　偶像崇拝殺人事件
赤川次郎　人間消失殺人事件
赤川次郎　三姉妹探偵団
赤川次郎　三姉妹探偵団2〈キャンパス篇〉
赤川次郎　三姉妹探偵団3〈珠美・初恋篇〉
赤川次郎　三姉妹探偵団4〈怪奇篇〉
赤川次郎　三姉妹探偵団5〈復讐篇〉
赤川次郎　三姉妹探偵団6〈危機一髪篇〉
赤川次郎　三姉妹探偵団7〈駆け落ち篇〉
赤川次郎　三姉妹探偵団8〈人質篇〉
赤川次郎　三姉妹探偵団9〈青ひげ篇〉
赤川次郎　三姉妹探偵団10〈父恋し篇〉
赤川次郎　死が小径をやってくる〈三姉妹探偵団11〉

赤川次郎　死神のお気に入り〈三姉妹探偵団12〉
赤川次郎　次女と野獣〈三姉妹探偵団13〉
赤川次郎　心地よい悪夢〈三姉妹探偵団14〉
赤川次郎　ふるえて眠れ、三姉妹〈三姉妹探偵団15〉
赤川次郎　三姉妹、呪いの道行〈三姉妹探偵団16〉
赤川次郎　三姉妹、初めてのおつかい〈三姉妹探偵団17〉
赤川次郎　恋の花咲く三姉妹〈三姉妹探偵団18〉
赤川次郎　月もおぼろに三姉妹〈三姉妹探偵団19〉
赤川次郎　三姉妹、ふしぎな旅日記〈三姉妹探偵団20〉
赤川次郎　三姉妹、清く貧しく美しく〈三姉妹探偵団21〉
赤川次郎　三姉妹と忘れじの面影〈三姉妹探偵団22〉
赤川次郎　三姉妹、舞踏会への招待〈三姉妹探偵団23〉
赤川次郎　三人姉妹殺人事件〈三姉妹探偵団24〉
赤川次郎　三姉妹、さびしい入江の歌〈三姉妹探偵団25〉
赤川次郎　三姉妹、恋と罪の峡谷〈三姉妹探偵団26〉
赤川次郎　静かな町の夕暮に
赤川次郎　キネマの天使〈レンズの奥の殺人者〉
新井素子　グリーン・レクイエム〈新装版〉
安能　務 訳　封神演義 全三冊

安西水丸　東京美女散歩
綾辻行人　殺人方程式〈切断された死体の問題〉
綾辻行人　鳴風荘事件 殺人方程式II
綾辻行人　十角館の殺人〈新装改訂版〉
綾辻行人　水車館の殺人〈新装改訂版〉
綾辻行人　迷路館の殺人〈新装改訂版〉
綾辻行人　人形館の殺人〈新装改訂版〉
綾辻行人　時計館の殺人〈新装改訂版〉
綾辻行人　黒猫館の殺人〈新装改訂版〉
綾辻行人　暗黒館の殺人 全四冊
綾辻行人　びっくり館の殺人
綾辻行人　奇面館の殺人(上)(下)
綾辻行人　どんどん橋、落ちた〈新装改訂版〉
綾辻行人　緋色の囁き〈新装改訂版〉
綾辻行人　暗闇の囁き〈新装改訂版〉
綾辻行人　黄昏の囁き〈新装改訂版〉
綾辻行人　人間じゃない〈完全版〉
綾辻行人ほか　7人の名探偵
我孫子武丸　探偵映画

講談社文庫　目録

麻見和史　女神の骨格〈警視庁殺人分析班〉
麻見和史　蝶の力学〈警視庁殺人分析班〉
麻見和史　雨色の仔羊〈警視庁殺人分析班〉
麻見和史　奈落の偶像〈警視庁殺人分析班〉
麻見和史　鷹《たか》の砦《とりで》〈警視庁殺人分析班〉
麻見和史　凪《なぎ》の残響〈警視庁殺人分析班〉
麻見和史　天空の鏡〈警視庁殺人分析班〉
麻見和史　賢者の棘《とげ》〈警視庁殺人分析班〉
麻見和史　深紅の断片〈警防課救命チーム〉
麻見和史　邪神の天秤〈警視庁公安分析班〉
麻見和史　偽神の審判〈警視庁公安分析班〉
有川浩　三匹のおっさん
有川浩　三匹のおっさん　ふたたび
有川浩　ヒア・カムズ・ザ・サン
有川浩　旅猫リポート
有川ひろ　アンマーとぼくら
有川ひろ ほか　ニャンニャンにゃんそろじー
荒崎一海　門前仲町〈九頭竜覚山　浮世綴㈠〉
荒崎一海　蓬萊橋雨景〈九頭竜覚山　浮世綴㈡〉

荒崎一海　寺町哀感〈九頭竜覚山　浮世綴㈢〉
荒崎一海　小《お》名《な》木《き》川《がわ》〈九頭竜覚山　浮世綴㈣〉
荒崎一海　一色町雪花〈九頭竜覚山　浮世綴㈤〉
朱野帰《かえ》子《こ》　駅物語
朱野帰子　対岸の家事
東浩紀　一般意志2・0〈ルソー、フロイト、グーグル〉
朝倉宏景　白球アフロ
朝倉宏景　野球部ひとり
朝倉宏景　つよく結べ、ポニーテール
朝倉宏景　あめつちのうた
朝倉宏景　エール〈夕暮れサウスポー〉
朝倉宏景　風が吹いたり、花が散ったり
朝井リョウ　スペードの3
朝井リョウ　世にも奇妙な君物語
有沢ゆう希　末次由紀 原作　〈小説〉ちはやふる　上の句
有沢ゆう希　末次由紀 原作　〈小説〉ちはやふる　下の句
有沢ゆう希　末次由紀 原作　〈小説〉ちはやふる　結び
有沢ゆう希　小説　パーフェクトワールド〈君といる奇跡〉
有沢ゆう希　原作：金田一蓮十郎　脚本：徳永友一　小説　ライアー×ライアー

秋川滝美　幸《こう》腹《ふく》な百貨店
秋川滝美　幸腹な百貨店〈デパ地下おにぎり騒動〉
秋川滝美　幸腹な百貨店〈催事場で蕎麦屋呑み〉
秋川滝美　マチのお気楽料理教室
秋川滝美　ヒソップ亭〈湯けむり食事処〉
秋川滝美　ヒソップ亭2〈湯けむり食事処〉
赤神諒　神遊の城
赤神諒　大友二階崩れ
赤神諒　大友落月記
赤神諒　酔象の流儀　朝倉盛衰記
赤神諒　空《うつせ》貝《がい》〈村上水軍の神姫《しんき》〉
赤神諒　立花三将伝
彩瀬まる　やがて海へと届く
浅生鴨　伴走者
天野純希　有楽斎の戦
天野純希　雑賀《さいか》のいくさ姫《ひめ》
青木祐子　コーチ！〈はげまし屋・立花ことりのクライアントファイル〉
秋保水菓《あきうすいか》　コンビニなしでは生きられない
相沢沙呼　medium《メディウム》　霊媒探偵城塚翡翠《じょうづかひすい》

相沢沙呼　invert《インヴァート》 城塚翡翠倒叙集
新井見枝香　本屋の新井
碧野　圭　凛として弓を引く
碧野　圭　凛として弓を引く〈青雲篇〉
碧野　圭　凛として弓を引く〈初陣篇〉
赤松利市　東京棄民
五木寛之　ソフィアの秋
五木寛之　狼のブルース
五木寛之　海峡物語
五木寛之　風花のひと
五木寛之　鳥の歌(上)(下)
五木寛之　燃える秋
五木寛之　真夜中の望遠鏡〈流されゆく日々'78〉
五木寛之　ナホトカ青春航路〈流されゆく日々'79〉
五木寛之　旅の幻燈
五木寛之　他力
五木寛之　こころの天気図
五木寛之　新装版 恋歌
五木寛之　百寺巡礼 第一巻 奈良

五木寛之　百寺巡礼 第二巻 北陸
五木寛之　百寺巡礼 第三巻 京都Ⅰ
五木寛之　百寺巡礼 第四巻 滋賀・東海
五木寛之　百寺巡礼 第五巻 関東・信州
五木寛之　百寺巡礼 第六巻 関西
五木寛之　百寺巡礼 第七巻 東北
五木寛之　百寺巡礼 第八巻 山陰・山陽
五木寛之　百寺巡礼 第九巻 京都Ⅱ
五木寛之　百寺巡礼 第十巻 四国・九州
五木寛之　海外版 百寺巡礼 インド1
五木寛之　海外版 百寺巡礼 インド2
五木寛之　海外版 百寺巡礼 朝鮮半島
五木寛之　海外版 百寺巡礼 中国
五木寛之　海外版 百寺巡礼 ブータン
五木寛之　海外版 百寺巡礼 日本・アメリカ
五木寛之　青春の門 第七部 挑戦篇
五木寛之　青春の門 第八部 風雲篇
五木寛之　青春の門 第九部 漂流篇
五木寛之　親鸞 青春篇(上)(下)

五木寛之　親鸞 激動篇(上)(下)
五木寛之　親鸞 完結篇(上)(下)
五木寛之　五木寛之の金沢さんぽ
五木寛之　海を見ていたジョニー 新装版
井上ひさし　モッキンポット師の後始末
井上ひさし　ナイン
井上ひさし　四千万歩の男 全五冊
井上ひさし　四千万歩の男 忠敬の生き方
井上ひさし 司馬遼太郎　新装版 国家・宗教・日本人
池波正太郎　私の歳月
池波正太郎　よい匂いのする一夜
池波正太郎　梅安料理ごよみ
池波正太郎　わが家の夕めし
池波正太郎　新装版 緑のオリンピア
池波正太郎　新装版 殺しの四人〈仕掛人・藤枝梅安(一)〉
池波正太郎　新装版 梅安蟻地獄〈仕掛人・藤枝梅安(二)〉
池波正太郎　新装版 梅安最合傘〈仕掛人・藤枝梅安(三)〉
池波正太郎　新装版 梅安針供養〈仕掛人・藤枝梅安(四)〉
池波正太郎　新装版 梅安乱れ雲〈仕掛人・藤枝梅安(五)〉

池波正太郎 新装版 梅安影法師〈仕掛人・藤枝梅安(六)〉
池波正太郎 新装版 梅安冬時雨〈仕掛人・藤枝梅安(七)〉
池波正太郎 新装版 忍びの女(上)(下)
池波正太郎 新装版 殺しの掟
池波正太郎 新装版 抜討ち半九郎
池波正太郎 新装版 娼婦の眼
池波正太郎 〈レジェンド歴史時代小説〉近藤勇白書(上)(下)
井上 靖 楊貴妃伝
石牟礼道子 新装版 苦《く》海《がい》浄《じょう》土《ど》〈わが水俣病〉
いわさきちひろ ちひろのことば
松本 猛 いわさきちひろの絵と心
いわさきちひろ 絵本美術館編 ちひろ・子どもの情景〈文庫ギャラリー〉
いわさきちひろ 絵本美術館編 ちひろ・紫のメッセージ〈文庫ギャラリー〉
いわさきちひろ 絵本美術館編 ちひろの花ことば〈文庫ギャラリー〉
いわさきちひろ 絵本美術館編 ちひろのアンデルセン〈文庫ギャラリー〉
いわさきちひろ 絵本美術館編 ちひろ・平和への願い〈文庫ギャラリー〉
石野径一郎 新装版 ひめゆりの塔
今西錦司 生物の世界
井沢元彦 義経幻殺録
井沢元彦 光と影の武蔵〈切支丹秘録〉
井沢元彦 新装版 猿丸幻視行
伊集院 静 乳房
伊集院 静 遠い昨日
伊集院 静 夢は枯野を〈競輪躁鬱旅行〉
伊集院 静 野球で学んだこと ヒデキ君に教わったこと
伊集院 静 峠の声
伊集院 静 白秋
伊集院 静 潮流
伊集院 静 冬の蜻蛉《とんぼ》
伊集院 静 オルゴール
伊集院 静 昨日スケッチ
伊集院 静 あづま橋
伊集院 静 ぼくのボールが君に届けば
伊集院 静 駅までの道をおしえて
伊集院 静 受け月
伊集院 静 坂の上のμ〈野球小説アンソロジー〉
伊集院 静 ねむりねこ
伊集院 静 新装版 三年坂
伊集院 静 お父やんとオジさん(上)(下)
伊集院 静 ノボさん〈小説 正岡子規と夏目漱石〉(上)(下)
伊集院 静 機関車先生〈新装版〉
伊集院 静 ミチクサ先生(上)(下)
伊集院 静 それでも前へ進む
いとうせいこう 我々の恋愛
いとうせいこう 「国境なき医師団」を見に行く
いとうせいこう 「国境なき医師団」をもっと見に行く〈ガザ、西岸地区、アンマン、南スーダン、日本〉
井上夢人 ダレカガナカニイル…
井上夢人 プラスティック
井上夢人 オルファクトグラム(上)(下)
井上夢人 もつれっぱなし
井上夢人 あわせ鏡に飛び込んで
井上夢人 魔法使いの弟子たち(上)(下)
井上夢人 ラバー・ソウル
池井戸 潤 果つる底なき
池井戸 潤 架空通貨
池井戸 潤 銀行狐
池井戸 潤 仇敵

池井戸　潤　空飛ぶタイヤ(上)(下)
池井戸　潤　鉄の骨
池井戸　潤　新装版 銀行総務特命
池井戸　潤　新装版 不祥事
池井戸　潤　ルーズヴェルト・ゲーム
池井戸　潤　半沢直樹1〈オレたちバブル入行組〉
池井戸　潤　半沢直樹2〈オレたち花のバブル組〉
池井戸　潤　半沢直樹3〈ロスジェネの逆襲〉
池井戸　潤　半沢直樹4〈銀翼のイカロス〉
池井戸　潤　半沢直樹 アルルカンと道化師
池井戸　潤　花咲舞が黙ってない〈新装増補版〉
池井戸　潤　ノーサイド・ゲーム
池井戸　潤　新装版 BT'63(上)(下)
石田衣良　LAST[ラスト]
石田衣良　東京DOLL
石田衣良　てのひらの迷路
石田衣良　40《フォーティ》 翼ふたたび
石田衣良　sex
石田衣良　逆《さか》島《しま》断《たつ》雄《お》〈進駐官養成高校の決闘編1〉

石田衣良　逆島断雄〈進駐官養成高校の決闘編2〉
石田衣良　逆島断雄〈本土最終防衛決戦編1〉
石田衣良　逆島断雄〈本土最終防衛決戦編2〉
石田衣良　初めて彼を買った日
井上荒野　ひどい感じ―父・井上光晴
稲葉　稔　鳥の影〈八丁堀手控え帖〉
いしいしんじ　プラネタリウムのふたご
いしいしんじ　げんじものがたり
伊坂幸太郎　チルドレン
伊坂幸太郎　サブマリン
伊坂幸太郎　魔王〈新装版〉
伊坂幸太郎　モダンタイムス(上)(下)〈新装版〉
伊坂幸太郎　PK〈新装版〉
絲山秋子　袋小路の男
絲山秋子　御社のチャラ男
石黒　耀　死都日本
石黒　耀　忠臣蔵異聞〈家老 大野九郎兵衛の長い仇討ち〉
犬飼六岐　筋違い半介
犬飼六岐　吉岡清三郎貸腕帳

石川大我　ボクの彼氏はどこにいる?
石松宏章　マジでガチなボランティア
伊東　潤　国を蹴った男
伊東　潤　峠越え
伊東　潤　黎明に起《た》つ
伊東　潤　池田屋乱刃
石飛幸三　「平穏死」のすすめ〈口から食べられなくなったらどうしますか〉
伊藤理佐　女のはしょり道
伊藤理佐　また！ 女のはしょり道
伊藤理佐　みたび！ 女のはしょり道
石黒正数　外《げ》天《てん》楼《ろう》
伊与原　新　ルカの方《はこ》舟《ぶね》
伊与原　新　コンタミ 科学汚染
稲葉圭昭《よしあき》　恥さらし〈北海道警 悪徳刑事の告白〉
稲葉博一《ひろいち》　忍者烈伝
稲葉博一　忍者烈伝ノ続
稲葉博一　忍者烈伝ノ乱〈天之巻〉〈地之巻〉
伊岡　瞬　桜の花が散る前に
石川智健　エウレカの確率〈経済学捜査と殺人の効用〉

講談社文庫　目録

内田康夫　新装版 平城山《ならやま》を越えた女
内田康夫　秋田殺人事件
内田康夫　孤道
和久井清水　孤道 完結編〈金色の眠り〉
内田康夫　イーハトーブの幽霊
歌野晶午　死体を買う男
歌野晶午　安達ヶ原の鬼密室
歌野晶午　新装版 長い家の殺人
歌野晶午　新装版 白い家の殺人
歌野晶午　新装版 動く家の殺人
歌野晶午　密室殺人ゲーム王手飛車取り
歌野晶午　新装版 ROMMY 越境者の夢
歌野晶午　増補版 放浪探偵と七つの殺人
歌野晶午　新装版 正月十一日、鏡殺し
歌野晶午　密室殺人ゲーム2.0
歌野晶午　密室殺人ゲーム・マニアックス
歌野晶午　魔王城殺人事件
内館牧子　終わった人
内館牧子　別れてよかった〈新装版〉

内館牧子　すぐ死ぬんだから
内館牧子　今度生まれたら
内田洋子　皿の中に、イタリア
宇江佐真理　泣きの銀次
宇江佐真理　晩鐘〈続・泣きの銀次〉
宇江佐真理　虚ろ舟〈泣きの銀次参之章〉
宇江佐真理　室の梅〈おろく医者覚え帖〉
宇江佐真理　涙堂〈琴女《ことじょ》癸酉《きゆう》日記《にっき》〉
宇江佐真理　あやめ横丁の人々
宇江佐真理　卵のふわふわ 八丁堀喰い物草紙・江戸前でもなし
宇江佐真理　日本橋本石町やさぐれ長屋
浦賀和宏　眠りの牢獄
上野哲也　五五五文字の巡礼〈魏志倭人伝トーク 地理篇〉
魚住昭　渡邉恒雄 メディアと権力
魚住昭　野中広務 差別と権力
魚住直子　非・バランス
魚住直子　未・フレンズ
魚住直子　ピンクの神様
上田秀人　密封〈奥右筆秘帳〉

上田秀人　国禁〈奥右筆秘帳〉
上田秀人　侵蝕〈奥右筆秘帳〉
上田秀人　継承〈奥右筆秘帳〉
上田秀人　簒《さん》奪《だつ》〈奥右筆秘帳〉
上田秀人　秘闘〈奥右筆秘帳〉
上田秀人　隠密〈奥右筆秘帳〉
上田秀人　刃傷〈奥右筆秘帳〉
上田秀人　召《めし》抱《かかえ》〈奥右筆秘帳〉
上田秀人　墨《ぼっ》痕《こん》〈奥右筆秘帳〉
上田秀人　天下〈奥右筆秘帳〉
上田秀人　決戦〈奥右筆秘帳〉
上田秀人　前夜〈奥右筆外伝〉
上田秀人　軍師の挑戦〈上田秀人初期作品集〉
上田秀人　天主信長〈表〉〈我こそ天下なり〉
上田秀人　天主信長〈裏〉〈天を望むなかれ〉
上田秀人　波乱〈百万石の留守居役㈠〉
上田秀人　思惑〈百万石の留守居役㈡〉
上田秀人　新参〈百万石の留守居役㈢〉
上田秀人　遺臣〈百万石の留守居役㈣〉

講談社文庫　目録

大倉崇裕　ペンギンを愛した容疑者〈警視庁いきもの係〉
大倉崇裕　クジャクを愛した容疑者〈警視庁いきもの係〉
大倉崇裕　アロワナを愛した容疑者〈警視庁いきもの係〉
大鹿靖明　メルトダウン〈ドキュメント福島第一原発事故〉
荻原　浩　砂の王国(上)(下)
荻原　浩　家族写真
小野正嗣　九年前の祈り
大友信彦　オールブラックスが強い理由〈世界最強チーム勝利のメソッド〉
乙　一　銃とチョコレート
織守《おりがみ》きょうや　霊感検定
織守きょうや　霊感検定〈心霊アイドルの憂鬱〉
織守きょうや　霊感検定〈春にして君を離れ〉
織守きょうや　少女は鳥籠《とりかご》で眠らない
おーなり由子　きれいな色とことば
岡崎琢磨　病弱探偵〈謎は彼女の特効薬〉
小野寺史宜《ふみのり》　その愛の程度
小野寺史宜　近いはずの人
小野寺史宜　それ自体が奇跡
小野寺史宜　縁《ゆかり》
小野寺史宜　とにもかくにもごはん
大崎　梢　横濱エトランゼ
大崎　梢　バスクル新宿
太田哲雄　アマゾンの料理人〈世界一の"美味しい"を探して僕が行き着いた場所〉
小竹正人　空に住む
岡本さとる　駕籠屋《かごや》春秋　新三《しんざ》と太十《たじゅう》
岡本さとる　質屋の娘〈駕籠屋春秋　新三と太十〉
岡本さとる　雨やどり〈駕籠屋春秋　新三と太十〉
岡崎大五　食べるぞ!世界の地元メシ
荻上直子　川っぺりムコリッタ
小原周子　留子さんの婚活
海音寺潮五郎　新装版　江戸城大奥列伝
海音寺潮五郎　新装版　孫子(上)(下)
海音寺潮五郎　新装版　赤穂義士
加賀乙彦　新装版　高山右近
加賀乙彦　ザビエルとその弟子
加賀乙彦　殉教者
加賀乙彦　わたしの芭蕉
柏葉幸子　ミラクル・ファミリー
勝目　梓　小説家
桂　米朝　米朝ばなし〈上方落語地図〉
笠井　潔　梟《ふくろう》の巨《おお》なる黄昏《たそがれ》
笠井　潔　青銅の悲劇(上)(下)〈瀕死の王〉
笠井　潔　転生の魔〈私立探偵飛鳥井の事件簿〉
川田弥一郎　白く長い廊下
神崎京介　女薫の旅　放心とろり
神崎京介　女薫の旅　耽溺《たんでき》まみれ
神崎京介　女薫の旅　秘に触れ
神崎京介　女薫の旅　禁の園へ
神崎京介　女薫の旅　欲の極み
神崎京介　女薫の旅　青い乱れ
神崎京介　女薫の旅　奥に裏に
神崎京介　I LOVE
加納朋子　ガラスの麒麟〈新装版〉
角田光代　まどろむ夜のUFO
角田光代　恋するように旅をして
角田光代　人生ベストテン
角田光代　ロック母

2024年3月15日現在